国家古籍整理出版专项经费资助项目

庾信集

章培恒 安平秋 马樟根 主编

许逸民 导读
安平秋 审阅

中华文史名著精选精译精注
·
全民阅读版

凤凰出版社

图书在版编目（CIP）数据

庾信集 / 许逸民导读. -- 南京：凤凰出版社，2020.8（2024.7重印）

（中华文史名著精选精译精注：全民阅读版 / 章培恒，安平秋，马樟根主编）

ISBN 978-7-5506-3145-8

Ⅰ. ①庾… Ⅱ. ①许… Ⅲ. ①古典散文－散文集－中国－南北朝时代②古典诗歌－诗集－中国－南北朝时代 Ⅳ. ①I213.902

中国版本图书馆CIP数据核字(2020)第063224号

书　　　名	庾信集
导　　　读	许逸民
责 任 编 辑	张永堃　孙思贤
书 籍 设 计	徐　慧
责 任 监 制	程明娇
出 版 发 行	凤凰出版社(原江苏古籍出版社)
	发行部电话 025-83223462
出版社地址	江苏省南京市中央路165号,邮编.210009
照　　　排	凤凰零距离数字印前中心
印　　　刷	苏州市越洋印刷有限公司
	江苏省苏州市吴中区南官渡路20号　邮编：215104
开　　　本	880毫米×1230毫米　1/32
印　　　张	7.375
字　　　数	152千字
版　　　次	2020年8月第1版
印　　　次	2024年7月第2次印刷
标 准 书 号	ISBN 978-7-5506-3145-8
定　　　价	58.00元

（本书凡印装错误可向承印厂调换，电话：0512-68180638）

丛书编委会

顾问
周林　邓广铭　白寿彝

主编
章培恒　安平秋　马樟根

编委
马樟根　平慧善　安平秋　刘烈茂
许嘉璐　李国祥　金开诚　周勋初
宗福邦　段文桂　董治安　倪其心
黄永年　章培恒　曾枣庄
（以上为常务编委）

王达津　吕绍纲　刘仁清　刘乾先
李运益　杨金鼎　曹亦冰　常绍温
裴汝诚
（以上为编委）

目录

导读 ………………………………………… 1

文 ………………………………………… 1
春赋 ………………………………………… 3
镜赋 ………………………………………… 10
枯树赋 ……………………………………… 16
小园赋 ……………………………………… 26
哀江南赋并序 ……………………………… 41
赵国公集序 ………………………………… 111
谢滕王集序启 ……………………………… 118

诗 ………………………………………… 129
奉和山池 …………………………………… 131
昭君辞应诏 ………………………………… 134
将命至邺 …………………………………… 137
乌夜啼 ……………………………………… 142

燕歌行 …………………………………… 145

和灵法师游昆明池二首 …………………… 150

寄王琳 …………………………………… 153

重别周尚书 ……………………………… 155

拟咏怀二十七首 ………………………… 157

徐报使来止得一见 ……………………… 206

寄徐陵 …………………………………… 208

伤王司徒褒 ……………………………… 210

导读

庾信大抵生活在一千五百年以前,如果说人们至今还记得他的话,那并非因为他在政治领域有所建树,或在思想领域有所开拓,而只是因为他给后人留下了一些可供赏鉴诵读的诗文。这些诗文反映着一个历史时代的文学风貌,同时在文学发展的历史长河中也曾掀起过一阵波澜。庾信在齐、梁以来的南北朝文坛上,无愧为熠熠闪耀的一颗明星,但在历史的巨人面前排座次,他也只不过是一个不大不小的文学家。

庾信(513—581年),字子山,小字兰成,南阳新野(今属河南)人。他出生在一个"七世举秀才""五代有文集"的世族家庭。其父庾肩吾既是梁晋安王萧纲(即后来的梁简文帝)的近臣,又是一位享誉江南的诗人。庾信十五岁入东宫,随侍昭明太子萧统为讲读。梁武帝中大通三年(531年),萧统死,萧纲继立为太子,又与徐陵同为东宫抄撰学士。庾肩吾此时也在萧纲宫中,父子"出入禁闼,恩礼莫与比隆"(《周书·庾信传》)。这时庾信刚刚十九岁,可谓少年得志。二十岁以后,历安南府行参军,转尚书度支郎中、通直正员郎。三十岁时,出为郢州(今湖北武汉)别驾,在任期间曾与湘东王萧绎(即后来的梁元帝)讨论水战平乱之事。大同十一年(545年),三十三岁,以通骑散骑常侍出使东魏,"文章辞令,盛为邺下(今河北临漳西南邺城镇)所称"(同上)。返国后,为东宫学士,领建康(今江苏南京)令。一说为正员郎,又为东宫领直,节度宫中兵马。(宇文逌《庾信集序》,以下简称"宇序")以上是庾信的青年时期,就梁朝而言,正值"五十年间,江表无事""朝野欢娱,池台钟鼓"(《哀江南赋》)之时,就他本人而言,则是职兼文武,青云直上,踌躇满志,挥斥方遒之时。

梁武帝太清二年(548年),庾信三十六岁,遭逢侯景之乱。当侯景兵临城下时,简文帝命庾信率宫中文武千余人驻守朱雀航(即朱雀桥,在今江苏南京市南秦淮河上),结果乱兵刚一冲击,庾信便弃军败走。侯景陷台城,庾信沿长江西上奔江陵(今属湖北)。在战乱中,他失去了两个儿子和一个女儿。大宝二年(551年),历尽风险而抵达江陵,任御史中丞。梁元帝即位,转右卫将军,封武康县侯。承圣三年(554年)四月,加散骑常侍,奉命出使西魏。这一年的十一月,西魏军攻破江陵,梁元帝遇害。自西魏出兵之日起,信即作为人质被扣留在长安(今陕西西安),时年四十二岁,从此以后再也没能回归南朝故土。侯景之乱以来,不过短短六七年,庾信却接连遭受到家破国亡的打击,成为他一生中的巨大转折期。

江陵倾覆后,西魏开始笼络庾信。初授使持节、抚军将军、右金紫光禄大夫、大都督,继封车骑大将军、仪同三司。两年之内,其位望已高于梁时。周代西魏之初,庾信似有一段赋闲退居的日子,也因此而产生过田园终老的念头,但很快又被起用为司水下大夫,并预麟趾殿校书,退隐之意也逐渐泯灭。周武帝保定三年(563年),他首次离开长安出任弘农郡(今河南灵宝市北)守。大概过了一年多,复回长安任职。天和六年(571年),随北周齐王宇文宪伐齐。又过了五年,迁骠骑大将军、开府仪同三司、司宪中大夫。建德四年(575年),六十三岁,周、陈南北通好,陈宣帝要求让庾信、王褒等回南方,周武帝唯放王克、殷不害等,庾信、王褒则惜而不遣。翌年,出为洛州(今陕西省商洛市商州区)刺史。大象元年(579年),入为司宗中大夫,不久因疾去职。隋开皇元年(581年)下半年,卒于长安,享年六十九岁。庾信在花甲之年失去了最后一次南旋故土的机会,这不能不说是他终生的遗憾。

庾信生于南方而死于北方,身历四朝(梁、魏、周、隋)十帝,其阅历与感受乃是他文学创作的源泉。与此相关联,他的文化素养和性格爱好,则直接影响到他的文学风格的形成与嬗变。关于他的文化素养,我们可以举出这样明显的几点:(1)精通儒学。宇文逌《庾子山集》序说他"孝性自然,仁心独秀,忠为令德,言及文词","若乃德、圣两《礼》,韩、鲁四《诗》","莫不穷其枝叶,诵其篇简",可见他受到儒家忠孝、礼义等观念的深刻影响,因而比较注重出处大节。(2)长于史学。《周书》本传称其"博览群书,尤善《春秋左氏传》"。我们看他的诗文用典,动辄《左传》《史》《汉》,间杂晋、宋史事,说他长于史学似非虚誉。又《左传》定公十年载,鲁、齐两国国君会于夹谷(今山东莱芜东南),齐使莱人以兵劫鲁侯,孔子指责说:"裔(边远的)不谋夏(中原),夷(东夷)不乱华。"这件事表明《左传》一书中有着"夷夏之辨"的思想,这种思想打在庾信身上的烙印,从他在北方所写的诗文中可以看得十分清楚。(3)文重绮艳。庾信父子与徐摛、徐陵父子因诗文并称绮艳,世号"徐庾体"。庾信对此点没有进行过直接的表述,但其创作倾向已足以说明一切。其实当齐、梁之世,骈体文学发展到极致,文学批评家如沈约、刘勰、钟嵘、萧统等,无不视辞藻华美、声调对切的作品为文学正宗,又何止庾信一人如此。"绮艳""清新"应该说是齐、梁以来风靡一时的文学现象。

关于庾信的性格,我们所知甚少,但有两方面的记载给人印象很深,一是说他娴于辞令,文思敏捷;一是说他恃才傲物,争强好胜。前者如唐段成式《酉阳杂俎》前集卷十二《语资》中,有数条专记庾信在外交场合的应对,真的是有礼有节,妙语连珠。难怪他不论在梁朝,还是在北朝,都是外交场上的活跃人物。后者如当年西奔江陵途中逗留江夏(今湖北武汉),遇早年好友萧韶,当时韶为郢州刺史,骄傲居大,接待十分冷淡,庾信不堪忍受,使酒骂座,践踏肴馔,在众宾客面前使萧韶大感惭耻(见《南史·梁宗室传》)。又如有人问庾信北方文士如何,他答道:"唯有韩陵山一片石(指温子升《韩陵山寺碑》)堪共语,薛道衡、卢思道少解把笔,自余驴鸣犬吠,聒耳而已。"(《朝野佥载》卷六)这种横扫一切的气势固然来自南人看不起北人的传统恶习,但也和庾信恃才傲物的性格大有关系。

在了解了庾信的生平经历、文化素养与性格特点之后,再来看他的文学作品的思想意义和艺术成就就比较清晰了。庾信在南朝的诗文留存不多,仅就《春赋》《镜赋》《奉和泛江》《奉和山池》《和咏舞》等篇来看,无非咏物写景之作,所见者既小,格调亦不免卑弱。论其思想内容,则流连歌舞,冶荡声色,这些自然无可称道。然而论其形式与技巧,则争驰新巧,颇变旧体,转拘声韵,弥尚丽靡,对于南齐"永明"文学又是一个进步。尤其是其中某些接近于唐人律诗、绝句的诗篇,在诗歌史的发展中则属于必不可少的中间环节。至于庾信这种伤于轻艳的南朝旧作在当时文坛上的地位,也是个不可轻视和忽略的问题。《周书·庾信传》说:"当时后进,竞相模范。每有一文,京都莫不传诵。"《陈书·徐陵传》说:"其文颇变旧体,缉裁巧密,多有新意。每一文出手,好事者已传写成诵。"这说明"徐庾体"赢得了当时文坛的公认,并影响到了人们创作观念的改变。

庾信的后期诗文是文学史家研究的重点,一般认为他由南入北以后,诗文多写亡国之痛和身世之悲,风格则变轻艳为苍凉,因而后期作品的文学价值远胜过前期。这种说法在整体上说来、在思想意义上说来是不错的,但若评论诗文的艺术风格,以为诗与文二者并皆后胜于前则显然不切于实际。在这个问题上我非常赞同钱锺书先生的卓见,他在《谈艺录》中说:"子山词赋,体物浏亮、缘情绮靡之作,若《春赋》《七夕赋》《灯赋》《对烛赋》《镜赋》《鸳鸯赋》,皆居南朝所为。及夫屈体魏周,赋境大变,惟《象戏》《马射》两篇,尚仍旧贯。他如《小园》《竹杖》《邛竹杖》《枯树》《伤心》诸赋,无不托物抒情,寄慨遥深,为屈子旁通之流,非复荀卿直指之遗,而穷态尽妍于《哀江南赋》。早作多事白描,晚制善运故实,明丽中出苍浑,绮缛中有流转;穷然后工,老而更成,洵非虚说。至其诗歌,则入北以来,未有新声,反失故步,大致仍归于早岁之风华靡丽,与词赋之后胜于前者,为事不同。"这段话告诉我们,评价庾信在艺术上的追求和贡献,评价庾信在文学史上的地位,是不能截然以南北划分界线而判其优劣的。

上文我们已谈到了庾信的诗文独步江南的情况,那么他在北方文坛又处于何种地位呢?《周书》的作者令狐德棻有如下的描述:"王褒、庾信奇才秀出,牢笼于一代。是时世宗(周明帝宇文毓)雅词云委,滕(宇文逌)、赵(宇文招)二王雕章间发,咸筑宫虚馆,有如布衣之交。由是朝廷之人,闾阎之士,莫不忘味于遗韵,眩精于末光。犹丘陵之仰嵩、岱,川流之宗溟渤也。"(《王褒庾信传论》)令狐德棻的祖父令狐整是北周大将军,德棻之生距庾信之死仅差两年,所说应属可信。既然北周朝野宗仰王、庾如嵩岱、溟渤,则表明当地文风也处在王、庾的领导之下,在当时的一场南北文化的大融合中,南方文风的影响明显占据了上风。在这种情势下,庾信赋风之变及诗风仍沿南朝余绪,二者皆不足为怪。

要完全了解一个人,还离不开对他所处的社会背景的分析。庾信在北朝的生活情景,概括起来就是《周书》本传中的两句话:"虽位望通显,常有乡关之思。"所谓"位望通显",指北周统治者给予他的礼遇很高,他在北周又有着显赫的声名。这两点在前面介绍生平仕履与北周文坛情况时已经说到过,除此之外,在他的诗文作品中也可以找到直接的证据,如奉答赵王诸诗以及滕王为作集序之类,都可说明他在北方与昔日在南方一样过着怡荡富贵的生活。对于这样的生活,他有安之若素的一面,甚至对北周王室充满了感戴之情。如《咏雁》诗:"南思洞庭水,北想雁门关。稻粱俱可恋,飞去复飞还。"诗中流露的贪恋心理是不言而喻的。又如《谢滕王集序启》:"溟池九万里,无逾此泽之深;华山五千仞,终愧斯恩之重。"他在北方的这种心态,归结为受宠若惊并不为过。在受宠之余,他何以又"常有乡关之思"呢?粗略说来,这种"乡关之思"的思想根源出自三个方面:(1)中原汉民族意识。例如,《拟咏怀》之七:"榆关断音信,汉使绝经过。胡笳落泪曲,羌笛断肠歌。纤腰减束素,别泪损横波。恨心终不歇,红颜无复多。枯木期填海,青山望断河。"《拟连珠》之二十三:"盖闻性灵屈折,郁抑不扬,乍感无情,或伤非类。是以嗟怨之水,特结愤泉;感哀之云,偏含愁气。"这里的"汉""胡"之分,"非类"之说,以及"恨心"所在,"怨""哀"所生,即是庾信汉民族意识的流露。在当时北方各民族的融合过程中,庾信的内心痛苦实际上也浸染着历史的血泪。(2)南朝世族的门阀观念。从《哀江南赋》中缕述家族历史,强调"以世功而为族","用论道而当官","家有直道,人多全节",可看出庾信的门阀观念十分强烈。因而一旦家国俱破,流离异域,他必然会产生出这样的感受:"惟忠且惟孝,为子复为臣。一朝人事尽,身名不足亲。吴起尝辞魏,韩非遂入秦。壮情已消歇,雄图不复申。移住华阴下,终为关外人。"(《拟咏怀》之五)对于自己出仕北朝亦会感到赧愧不已:"倏忽市朝变,苍茫人事非。避谗犹采葛,忘情遂食薇。怀愁正摇落,中心怆有违。独怜生意尽,空惊槐树衰。"(同上之二十一)(3)江南故土之情。南北方气候不同,景物有殊,庾信四十二岁后始入北方,在自然环境上的不适应,加上亲属友人的暌隔,也会常常引起他对江南故土的怀念。所谓"秦中水黑,关上泥青","雪暗如沙,冰横似岸"(《哀江南赋》),"关山则风月凄怆,陇水则肝肠断绝"(《小园赋》)之类,无疑是在经过了南北方的对比之后,庾信对北方所得出的恶劣印象。至于庾信对江南故人如徐陵、周弘正、王琳、萧永等人的怀思吊念,也应该看作是这种乡土感情的一种宣泄。

总之,庾信作为一个文学家,身历四朝,中经丧乱,虽然终生未能跳出狭小的仕宦生活圈子,但毕竟社会阅历丰富,加以文学修养深厚,在艺术上孜孜以求,因而使他的作品文情并茂,华实相扶,在南北朝进入隋唐之际,蔚然成为一代文宗。综观中国文学发展史,骈文至庾信而处于鼎盛期,入唐则古文运动兴起,骈文衰微;诗歌至庾信则处于过渡期,古体渐趋律绝,入唐则律绝风行。庾信其人可谓上集六朝精华,下开唐朝风气,在文学史上是一位继往开来的历史人物。即使只就庾信晚年在诗文中写入"乡关之思"而言,与当时南北流寓的士人相比较,他也是其中最值得肯定的一人。

有鉴于上述的种种认识,我们为庾信编成了这个选集,借以反映庾信的文学道路、创作特色和艺术成就。关于本书的选目,事先曾确定了五项原则:(1)以晚年作品为主,兼收早作,这样做既符合庾信现存作品的实际情况,也可以从创作道路上反映全人;(2)以辞赋为主,以诗歌为辅,突出庾信诸体作品中以赋为最的特点;(3)文不收墓志碑铭,诗不收郊庙歌辞,因为此类诗文虚饰板滞,缺少真实情感和文学价值;(4)限于本书的篇幅,文以《哀江南赋》为主,诗以《拟咏怀》为主,此二篇足以代表庾作的峰巅,其余则尽量考虑题材与体裁的多样性,以避免思想内容过于重复、表现手法过于单纯;(5)所选诗文侧重于表现庾信的文学色彩,以还其文学家的本来面目。不知这五项原则是否恰当,也不知现有的选目是否很好地贯彻了上述主观意图,但愿选者的眼光不致扭曲了庾信的真相,而造成一个新的"文人浩劫"(鲁迅《"题未定"草(六)》)。

一则因为历史久远,一则因为时过境迁,为古人的诗文作注原本就十分艰难。特别是像庾信这样的人,博览旁通,爱"掉书袋",为之作注,其困难可以想见。好在清人吴兆宜、倪璠已笺注于前,我们可以去伪存真,再根据近年研究成果加以补充订正,融会个人见解,力求臻于完善。不论摘引旧注也好,或是汲取最新研究创获也好,其中也只能体现着作者独自的赏鉴水平和理解能力。在注释方法上,本书首先考察庾信以前诸书,说明本事来源,然后解析此处所指,间或串讲句子大意,务期明白透露作家用意而后已。一般性语词则不烦旁证,留待译文中予以解决。

关于本书的译文,编者深感吃力而不能讨好。这里有两层原因:一是古代诗文本不宜译成现代汉语,一是庾信的骈文简直无法与现代的任何文体对译。对于前一个问题,朱光潜先生论之甚详,他说:"诗不但不能译为外国文,而且不能译为本国文中的另一种体裁或是另一时代的语言,因为语言的音和义是随时变迁的,现代文的音节不能代替古文所需的音节,现代文的字义的联想不能代替古文的字义的联想。"(《诗论》)他举例说把《诗经》"杨柳依依"译成"杨柳还在春风中摇曳","只是不经济不正确的拉长,'摇曳'只是呆板的物理,而'依依'却带有浓厚的人情"(同上)。我体会朱先生的意思是说,直接诵读古人诗文所能产生的联想和韵味,通过现代汉语的译文是无论如何享受不到的,或者译文能给人以另外的享受,但那已不关乎古代作家的事了。对于后一个问题,我感到骈文如同诗歌,感情的表达是跳跃的,语言的使用是朦胧的,远看如雾里群峰,连绵未断;近看则谷壑交错,横绝难通。要想把全篇一气贯通,句句理顺头绪,扣紧作者的情思,难矣哉!再具体到逐个句子来说亦是如此,因为事典自身有多个侧面,使事造句又讲究变化,所以有时即使明白了本事的来源和此处的用法,也还是捉摸不透作家的立意所在。如《哀江南赋》"李陵之双凫永去,苏武之一雁空飞"二句,译文是贴近李、苏的身世遭遇来说好一些,还是切合李、苏别诗来说更好一些?又如"苏武之一雁空飞"与"苏武有秋风之别"(《小园赋》),二者的情绪有何不同,译文又如何加以区别?这些确实是让人颇感踌躇的。我在译文方面虽然花费了几倍于题解、注释的力气,但仍认为距离"信""达""雅"的要求不啻十万八千里。现在的译文充其量只是注释的延长,倘能及于"信"字之门已属万幸,"达""雅"是无从谈起的。

最后,还有一点需要说明,本书所选诗文篇目的编次大抵以作品年代先后为准。鲁迅先生论及文集时曾说过:"分类有益于揣摩文章,编年有利于明白时势,倘要知人论世,是非看编年的文集不可的。"(《且介亭杂文·序言》)这个选集虽有编年而失于完整,其作用恐怕主要是"有益于揣摩文章"而已。

许逸民(中华书局)

文

春赋

庾信和徐陵在梁朝齐名,同为东宫抄撰学士,"既有盛才,文并绮艳,故世号为徐、庾体焉。当时后进,竞相模范。每有一文,京都莫不传诵"(《周书·庾信传》)。在庾信现存的辞赋中,《春赋》《七夕赋》《灯赋》《对烛赋》《镜赋》《鸳鸯赋》皆南朝所作,应当就是"徐、庾体"的范文。这一类作品荡冶情思,浮艳轻佻,在思想意义上无多可取处。然而文丽词缛,仗气振奇,在巧思与文采方面却独擅胜场。即如本篇写宫苑春色,不但有园林美景,而且有春游盛事,歌舞骑射,曲水流觞,极尽刻画渲染之能事。至于偶辞俪事,则秀句可餐。通篇五七言偶辞相杂,此则出于庾氏创体。由此可以考察梁朝的文学风气,以及对于初唐文坛的影响,也可以考察庾信的辞赋由前期"体物浏亮,缘情绮靡"变为后期"托物抒情,寄慨遥深"的创作历程。

宜春苑中春已归①,披香殿里作春衣②。新年鸟声千种啭,二月杨花满路飞③。河阳一县并是花④,金谷从来满园树⑤。一丛香草足碍人,数尺

游丝即横路⑥。

开上林而竞入⑦,拥河桥而争渡⑧。 出丽华之金屋⑨,下飞燕之兰宫⑩。 钗朵多而讶重⑪,髻鬟高而畏风⑫。 眉将柳而争绿⑬,面共桃而竞红。影来池里⑭,花落衫中。

苔始绿而藏鱼⑮,麦才青而覆雉⑯。 吹箫弄玉之台⑰,鸣佩凌波之水⑱。 移戚里而家富⑲,入新丰而酒美⑳。 石榴聊泛㉑,蒲桃酸醅㉒。 芙蓉玉碗㉓,莲子金杯。 新芽竹笋,细核杨梅。 绿珠捧琴至㉔,文君送酒来㉕。

玉管初调㉖,鸣弦暂抚,《阳春》《渌水》之曲㉗,对凤回鸾之舞㉘。 更炙笙簧㉙,还移筝柱㉚。月入歌扇㉛,花承节鼓㉜。 协律都尉㉝,射雉中郎㉞,停车小苑㉟,连骑长杨㊱。 金鞍始被㊲,柘弓新张㊳。 拂尘看马埒㊴,分朋入射堂㊵。 马是天池之龙种㊶,带乃荆山之玉梁㊷。 艳锦安天鹿㊸,新绫织凤凰。

三日曲水向河津㊹,日晚河边多解神㊺。 树下流杯客㊻,沙头渡水人㊼。 镂薄窄衫袖㊽,穿珠帖领巾㊾。 百丈山头日欲斜,三晡未醉莫还家㊿。池中水影悬胜镜㉛,屋里衣香不如花。

① 宜春苑:即宜春下苑,又名曲江池,汉武帝时造,在今陕西西安市东南。见《三辅黄图》。梁朝习俗,立春日,剪彩为燕戴之,贴"宜春"二字,祝颂新春。见梁朝宗懔《荆楚岁时记》。归:归去。　② 披香殿:汉武帝时后宫八区有披香殿,在今陕西西安市西北。见《三辅黄图》。　③ 杨花:即柳絮。　④ 河阳:今河南孟州市西北。《山堂肆考》:"晋潘岳为河阳令,多植桃李花,人号曰河阳一县花。"　⑤ 金谷:指金谷园,晋石崇的别墅,在今河南洛阳。石崇《金谷诗序》:"余有别庐,在河南县界金谷涧中,或高或下,有清泉茂林,众果竹柏药草之属。"　⑥ 游丝:飘动的蛛丝。　⑦ 上林:指上林苑。本秦旧苑,汉武帝时扩建,方圆三百里,有离宫七十所。见《汉旧仪》。其地在今陕西西安、周至境内。　⑧ 河桥:指富平津,在今河南孟州市南。《晋阳秋》:"杜预造河桥于富平津,所谓造舟为梁(桥梁)也。"　⑨ 丽华:指阴丽华,东汉光武帝后,貌美。《后汉书》卷十有传。金屋:极言屋的华丽。汉武帝为太子时,欲得阿娇为妻,说:"若得阿娇作妇,当作金屋贮之。"见《汉武故事》。　⑩ 飞燕:指赵飞燕,汉武帝后,善歌舞。《汉书》卷九十七有传。兰宫:赵飞燕居昭阳殿,兰房椒壁。见《三辅黄图》。　⑪ 钗朵:花朵形的金钗。　⑫ 髻鬟(jì huán):发髻。　⑬ 将:同。争绿:古时妇女以黛(青黑色的颜料)画眉,眉痕微绿,故此处说眉柳争绿。　⑭ 影:指美女们的身影。　⑮ 苔:水苔,藻类,青绿色。　⑯ 覆雉:季春三月,麦平垄,雉始鸣。见晋张华注师旷《禽经》。　⑰ 弄玉:秦穆公女,萧史妻。萧史善吹箫,作凤鸣。穆公为筑凤凰台。一夕吹箫引凤,与弄玉随凤仙去。

见《列仙传》。 ⑱凌波：在水上行走，这里指脚步轻盈。三国魏曹植《洛神赋》："凌波微步，罗袜生尘。" ⑲戚里：帝王外戚居住之地。《史记·万石君传》载，汉高祖召石奋姊为美人，"徙其家长安中戚里"。 ⑳新丰：西汉高祖十年(前197年)以骊邑县改名，治所即今陕西西安市临潼区东北阴盘城。《三辅旧事》载，太上皇思慕乡里，汉高祖就把丰县(今属江苏)、沛县(今属江苏)的屠户和卖酒、煮饼的商人都搬来，立为新丰县。 ㉑石榴：指石榴酒。《扶南传》："顿孙国有安石榴，取汁停杯中，数日，成美酒。"泛：漂浮。 ㉒蒲桃：即葡萄，指酒。酸醅(pō pēi)：未滤过的重酿酒。《博物志》："西域有葡萄酒，积年不败。" ㉓芙蓉：古指荷花。 ㉔绿珠：晋石崇有歌妓名绿珠，美而艳，善吹笛。见《晋书·石崇传》。 ㉕文君：指卓文君，夜奔司马相如，在临邛卖酒，文君当垆。见《史记·司马相如传》。 ㉖玉管：玉制的管乐器。 ㉗阳春：古乐曲名。《文选》宋玉《对楚王问》："其为《阳春》《白雪》，国中属而和者不过数十人。"渌(lù)水：古乐曲名。《文选》马融《长笛赋》："上拟法于《韶箾》《南籥》，中取度于《白雪》《渌水》，下采制于《延露》《巴人》。" ㉘对凤回鸾：形容舞蹈者衣裾飘动的样子。 ㉙炙：熏陶。笙簧：吹笙鼓簧，笙是一种管乐器。 ㉚筝：一种弦乐器。 ㉛"月入"句：化用汉班婕妤《怨诗》："裁为合欢扇，团团似明月。" ㉜节鼓：古乐器，状如博局，中开圆孔，鼓置其中，击之以为乐曲节奏。 ㉝协律都尉：掌管音乐的官，汉武帝时以李延年为协律都尉，这里指李延年。 ㉞射雉中郎：指晋潘岳。潘岳有《射雉(古代田猎)赋》，又曾以太尉掾兼虎贲中郎将，寓直于骑射之省。见潘岳《秋兴赋序》。 ㉟苑：养禽兽、植树木，供帝王游乐打猎的场所。 ㊱长杨：指汉长杨榭，在长杨宫，秋冬于此校猎。见《三辅黄图》。 ㊲ 金鞍：华贵的马鞍。《西京杂记》："武帝时得贰师天马，帝以玫瑰石为鞍，镂以金银鍮石。" ㊳ 柘(zhè)弓：柘树枝制成的良弓。 ㊴ 马埒(liè)：射箭跑马的驰道两侧所建的矮墙。 ㊵ 分朋：分群，分批。 ㊶ 天池：这里指青海湖。《魏书·吐谷浑传》："青海周回千余里，海内有小山，每冬冰合后，以良牝马置此山，至来春收之，马皆有孕，所生得驹，号为龙种。"
㊷ 荆山：在今湖北漳水、沮水发源处，产玉。《韩非子·和氏》："(卞)和抱其璞，哭于荆山之下。"玉梁：带名。 ㊸ 天鹿：白鹿，古时作为祥瑞的标志。 ㊹ 三日：三月三日。古为上巳节，人们在这一天到水边洗濯，并为曲水流觞之饮，以祈福驱邪。其俗起源甚早，可参看《续齐谐记》中挚虞、束皙答晋武帝问一节。梁朝时这一风俗仍很盛行，宗懔《荆楚岁时记》："三月三日，士民并出江渚池沼间，为流觞曲水之饮。"曲水：环曲的水渠。三月三日宴集时，人们在水的上游放置酒杯，杯流行至前即取饮，称流觞曲水。 ㊺ 解神：祈神还愿。
㊻ 流杯客：传说东汉永平年间，浙江剡县人刘晨、阮肇入天台山采药，迷失方向，见山腹中有一杯流出，内有胡麻饭糁，后遇到两个仙女，被邀至家中。半年后还家，子孙已过七代。见宋刘义庆《幽明录》。 ㊼ 渡水人：东晋永和三年(347年)，桓温伐蜀，从山阳出江南，李势遣昝坚拒温，昝坚到犍为，知与桓温异道，于是回军从沙头津北渡。见《晋书·李势载记》。 ㊽ 镂薄：梁俗，正月初七日，剪彩为人，或镂金薄为人，贴屏风上，或戴于头鬓。见《荆楚岁时记》。
㊾ 帖：粘附，这里是搭配的意思。 ㊿ 三晡：傍晚时分。 (51) 胜：优美的事物。

翻译

宜春苑中的春天又回来了,披香殿里正在赶制游春的新衣。鸟声在新的一年开始时更加婉转动听,杨花随着二月的春风满路飘飞。真好像来到了河阳县,满眼都是桃李的花朵;又好像进入了金谷园,到处是青翠的树木。一丛丛芳香的碧草妨碍了游人的脚步,一缕缕飘动的游丝似乎要拦断幽邃的去路。

美女们一下子拥进上林苑,争抢着渡过河桥。有的来自阴丽华的金屋,有的来自赵飞燕的兰宫。她们的朵朵金钗重得吓人,高耸的发髻只怕风都能吹倒。黛眉和绿柳相互衬托,容颜与桃花一样娇红。池水中倒映出美女们的身姿,衫袖上洒满了缤纷的落英。

鱼儿在绿色的水苔下嬉戏,麦苗青青遮盖着啼叫的野鸡。这时高台上吹起了弄玉的箫声,水面上传来凌波仙子佩玉的和鸣。这里既有戚里富家的气派,又有在新丰沽酒的雅兴。石榴酒香气四溢,蒲桃酒愈发甘醇。荷花样的玉碗玲珑剔透,莲房似的金杯灿烂生辉。宴席间有鲜嫩的竹笋,果蔬中有细核的杨梅。捧琴侍立的是有名的歌妓绿珠,行觞劝饮的是蜀中才女卓文君。

玉管选好了音调,琴弦奏出了和声。歌喉婉转,唱的是《阳春》《渌水》的名曲;舞姿翩跹,衣袖飞扬如鸾凤回旋。吹笙鼓簧更加渲染了气氛,急弦促柱不时变换着乐拍。歌扇团团如满月,节鼓声声催传花。来宾中有擅长音乐的李都尉,有精通射猎的潘中郎。他们停车在小苑中献艺，又蜂拥着去长杨榭射猎。只见马配金鞍，良弓开弦，驰道上空烟尘弥漫，一队队骑手先后进入射猎场。他们的坐骑是天池的龙种，他们的腰带嵌镶着荆山的美玉。锦袍上绣着吉祥的白鹿，绫袄上织出如意的凤凰。

在三月三日曲水饮宴的节日里，傍晚的河边到处都是祈神还愿的游人。树下有人流杯取乐，滩头有人横渡戏水。衫袖上装饰着彩人，领巾上点缀着珠宝。高远的山头衔着落日，游人们不醉酒尽兴不想回家。春水照人胜过屋里悬挂的明镜，衣衫熏染的香气远不如户外怒放的春花。

镜赋

"赋"的本义是敷陈其事,作为文体,则是要"铺采摛文,体物写志"(《文心雕龙·诠赋》)。庾信这篇《镜赋》即属于体物之作,绘声绘色,横比竖说,总不离妆镜。不过赋中大多通过美人的起居弄妆来虚说,绝少从正面作静止的写照,这正是作者运思新巧的地方。就赋的命意与写作目的来说,显然也不局限于描摹一物,逼肖其形制,主要的还是为了遣兴,即夸饰宫廷生活而为帝王的游赏宴饮添助兴致。这是庾信早期典型的"宫体"作品。此文代表着庾信"宫体"创作的最高成就,如清许梿所说:"选声炼色,此造极巅。吾于子山,无复遗恨矣。"(《六朝文絜》卷一)要真正做到"知人论世",是非要顾及庾信这一类南朝早作不可的。本文共四段,第一段写美人晨起妆残,急急对镜梳理;第二段写妆镜的豪华与美妙;第三段写对镜梳妆,仔细观照;第四段写着衣出游,镜亦随身。

天河渐没①,日轮将起。 燕噪吴王②,乌惊御史③。 玉花簪上④,金莲帐里⑤。 始折屏风,新开户扇。 朝光晃眼,早风吹面。 临桁下而牵衫⑥,

就箱边而著钏⑦。宿鬟尚卷⑧,残妆已薄。无复唇珠⑨,才余眉萼⑩。䯻上星稀⑪,黄中月落⑫。

镜台银带,本出魏宫⑬。能横却月⑭,巧挂回风⑮。龙垂匣外,凤倚花中⑯。镜乃照胆照心⑰,难逢难值。镂五色之盘龙⑱,刻千年之古字。山鸡看而独舞⑲,海鸟见而孤鸣⑳。临水则池中月出,照日则壁上菱生㉑。

暂设妆奁㉒,还抽镜屉㉓。竞学生情㉔,争怜今世㉕。鬟齐故略㉖,眉平犹剃㉗。飞花砖子㉘,次第须安㉙。朱开锦踏㉚,黛蘸油檀㉛。脂和甲煎㉜,泽渍香兰㉝。量髻鬟之长短,度安花之相去㉞。悬媚子于搔头㉟,拭钗梁于粉絮㊱。

梳头新罢照著衣㊲,还从妆处取将归㊳。暂看弦系㊴,悬知缬缦㊵。衫正身长,裙斜假襻㊶。真成箇镜特相宜㊷,不能片时藏匣里㊸,暂出园中也自随㊹。

---

① 天河:指银河。 ② 吴王:指春秋时期的吴王阖闾。秦始皇十一年(前236年),守宫吏举烛照燕巢,失火烧毁吴王宫。见《越绝书·吴地传》。 ③ 御史:指汉御史大夫朱博。博为御史,府中有柏树,常有野乌数千栖其上,晨去暮来。见《汉书·朱博传》。以上二句只

取燕乌喧噪之意,无关其人。　④ 簟(diàn):竹席。《东宫旧事》:"太子纳妃,有赤花双文簟。"　⑤ 金莲帐:《邺中记》:"石虎作流苏帐,顶安金莲花,花中悬金箔。"　⑥ 桁(hàng):衣架。　⑦ 钏(chuàn):镯子。　⑧ 宿鬟:昨夜梳好的发髻。　⑨ 唇珠:唇如珠润。　⑩ 眉萼:眉额间妆饰,形似梅花萼。相传南朝宋武帝女寿阳公主曾睡在含章殿檐下,梅花落在额上,成五出花,拂之不去,后人人争效作梅花妆。见《太平御览》卷三十引《杂五行书》。　⑪ 靥(yè):面颊上的酒窝。六朝妇女有靥饰,涂贴如星月形,称为黄星靥。星稀:指靥饰已残。　⑫ 黄:额黄,六朝妇女施于额上的黄色涂饰。梁简文帝《戏赠丽人》:"同安鬟里拨,异作额间黄。"月落:指额间涂饰残落。　⑬ 魏宫:这里指战国时魏国王宫。建安元年(196年),曹操迎汉献帝至许昌,向宫中献器物,有《上杂物疏》说:"镜台出魏宫中,有纯银参带镜台一,纯银七子贵人公主镜台四。"　⑭ 却月:钗名。见《女红余志》。庾信《王昭君》:"钗除却月梁。"　⑮ 回风:扇名。见《西京杂记》。　⑯ "龙垂"二句:这是说镜台上的挂钩用龙凤作为装饰。南朝齐谢朓《咏镜台》:"对凤悬清冰,垂龙挂明月。"　⑰ 照胆照心:相传秦咸阳宫中有方镜,人以手抚心来照,则见肠胃五脏,若体内有病,则可知疾病之所在。又女子有邪心,则胆张心动。秦始皇常用来照宫人,凡有胆张心动者则杀之。见《西京杂记》。　⑱ 镂:雕刻。盘龙:同"蟠龙",盘屈交结的龙。《邺中记》:"石虎(十六国后赵)宫中,镜有径二三尺者,下有纯金蟠龙雕饰。"　⑲ 山鸡:锦鸡,爱惜羽毛,常映水而舞。南朝宋刘敬叔《异苑》载,魏和帝时,南方献山鸡,置大镜前,鸡照影则舞,不知止,遂乏死。　⑳ 海鸟:本指爰居,似凤,鸾亦似凤,这里借指鸾。南朝宋范泰《鸾鸟诗序》称:罽(jì)宾国君得鸾鸟,欲其鸣而不得,悬镜照之,鸾睹影而悲鸣。 ㉑菱:指菱花镜。见《赵飞燕外传》。庾信《王昭君》:"镜失菱花影。" ㉒妆奁(lián):梳妆用的镜匣。 ㉓屉(tì):抽屉。 ㉔生情:表示情爱。 ㉕怜:喜爱。今世:指当代帝王。 ㉖故:故意。略:治理。 ㉗剃:剃掉眉毛,用黛描画。 ㉘飞花砖子:指花砖。 ㉙次第:依次。 ㉚朱:红色。锦踏:走在锦绣地毡上。 ㉛黛:青黑色颜料,用来画眉。油檀:用油和檀木灰,正青色。 ㉜甲煎:即甲香,用蠡(螺)类的厣(yǎn,腹部下面的薄盖)烧灰合香,再和蜡制成,可作口脂。 ㉝泽:香泽,用来滋润头发的油脂。合香脂法汉代已有之,见崔寔《四民月令》。 ㉞相去:指距离。 ㉟媚子:一种首饰。搔头:指玉簪。《西京杂记》:"(汉)武帝过李夫人,就取玉簪搔头,自此后宫人搔头皆用玉。" ㊱钗梁:一种首饰。粉絮:用绵做成的粉扑。 ㊲著衣:穿衣。一说指穿衣镜。《东宫旧事》:"皇太子纳妃,有著衣大镜。" ㊳取将归:即取归,"将"是语助词。这里是说把梳妆镜拿来,随身携带。 ㊴弦系:手臂上系镜的丝绳。《西京杂记》:"(汉)宣帝被收系郡邸狱,臂上犹带史良娣合采婉转丝绳,系身毒国(指古印度)宝镜一枚,大如八铢钱。" ㊵悬知:料想。缬(xié)缦:古代妇女用花缯束发,名缬子髻(见干宝《搜神记》卷七),这里指发髻。 ㊶假:凭借。襻(pàn):衣服的扣襻。 ㊷箇:同"个",这。 ㊸匣:指镜匣。 ㊹自随:随身。

翻译

夜幕上的天河渐渐隐没了,一轮初日即将从东方升起。燕雀的喧噪唤醒了吴王,群鸟的飞号惊起了御史。玉花簟上睁开了睡眼,金莲帐里走出了丽人。把屏风折起,将门扇打开。朝霞晃人眼目,晨风迎面吹拂。走到衣架前穿好衣衫,来到奁匣边戴上金钗。对镜一照只见昨夜的发髻虽然还卷着,脸上的脂粉浓妆却已经消残。口唇不再像珠玉般莹润,额眉间仅剩下梅花妆的莩痕。面颊上涂贴的金星稀疏了,额头上妆饰的圆月也脱落了。

镜台配饰有银带,原本出自魏宫。镜台上可以放却月钗,可以挂回风扇。一边是龙形的挂钩伸展出匣外,一边是凤状的镜架倚偎着花朵。神奇的镜子能照见人的肝胆,只是这样的镜子却不易碰到。还有的镜子雕饰有五色盘龙底座,镜的背面镌刻着永存千古的铭文。山鸡在这些宝镜前必会独自起舞,海鸟看到这些宝镜也定会顾影悲鸣。池水映照圆圆的镜面,犹如捧出一团明月;壁上留下菱花镜投射的光影,恰似一朵鲜活的菱花。

刚安置好梳妆用的镜匣,马上就拉开镜屉准备梳妆。她们争相做出情态万千的样子,邀取当今帝王的欢心。已经很整齐的鬟发还要故意理一理,已经剃得很平的眉脊还要再剃一剃。花团锦簇的方砖,按次序构图分明。铺好朱红色的锦绣地毡,黛石蘸上用油和好的檀灰。润面涂唇用甲煎香脂,护发油膏用香兰浸成。对镜度量鬟髻的短长,仔细安排插花的距离。在玉钗上悬挂上媚子,用粉扑把钗梁擦拭光洁。

梳完头又对着落地大镜穿衣,然后又从梳妆处把小妆镜取来。看一眼妆镜是否已在身上系好,照一照发髻是否已束紧。衣衫端正显得身材优美颀长,斜披的裙裾有扣襻巧妙牵合。这真是镜与人最相宜,不能让它片刻藏在镜匣里,即使暂时到园中游赏,也应该随身不离须臾。

枯树赋

唐张鷟《朝野佥载》卷六说:"梁庾信从南朝初至北方,文士多轻之。信将《枯树赋》以示之,于后无敢言者。"可见这篇《枯树赋》是庾信步入北朝文坛的敲门砖,也是构成他后来文学领袖地位的奠基石。通篇借殷仲文立言,以枯树自比,由"此树婆娑,生意尽矣"引出话题,多方譬说,启人联想,至"树犹如此,人何以堪",一语双关作结。妙在树与人之间,似又非似,合亦非合,写树则穷形极物,写人则悲感淋漓,不仅淘洗胸中块垒,而且曲尽俪偶巧艺。庾信在南朝的早作如《春赋》等,多事白描,暮年所作如《哀江南赋》等,善运典故。这篇赋作于入北初年,在手法上又恰好是白描与用典兼蓄并重,因而可以说它是庾信创作生涯处于转捩期的一篇代表作。

殷仲文风流儒雅①,海内知名。世异时移,出为东阳太守②。常忽忽不乐③,顾庭槐而叹曰:"此树婆娑④,生意尽矣⑤!"

至如白鹿贞松⑥,青牛文梓⑦,根柢盘魄⑧,山崖表里⑨。桂何事而销亡⑩,桐何为而半死⑪?昔之三河徙植⑫,九畹移根⑬。 开花建始之殿⑭,落实睢阳之园⑮。 声含嶰谷⑯,曲抱《云门》⑰。 将雏集凤⑱,比翼巢鸳⑲。 临风亭而唳鹤⑳,对月峡而吟猿㉑。

乃有拳曲拥肿㉒,盘坳反覆㉓,熊彪顾盼㉔,鱼龙起伏。 节竖山连㉕,文横水蹙㉖,匠石惊视㉗,公输眩目㉘。 雕镌始就,剞劂仍加㉙,平鳞铲甲,落角摧牙。 重重碎锦,片片真花,纷披草树㉚,散乱烟霞。

若夫松子、古度㉛,平仲、君迁㉜,森梢百顷㉝,槎枿千年㉞。 秦则大夫受职㉟,汉则将军坐焉㊱。 莫不苔埋菌压,鸟剥虫穿。 或低垂于霜露,或撼顿于风烟㊲。 东海有白木之庙㊳,西河有枯桑之社㊴,北陆以杨叶为关㊵,南陵以梅根作冶㊶。 小山则丛桂留人㊷,扶风则长松系马㊸。 岂独城临细柳之上㊹,塞落桃林之下㊺。

若乃山河阻绝㊻,飘零离别㊼。 拔本垂泪㊽,伤根沥血㊾。 火入空心㊿,膏流断节㉛。 横洞口而欹卧㉜,顿山腰而半折㉝。 文斜者百围冰碎㉞,理正者千寻瓦裂㉟。 载瘿衔瘤㊱,藏穿抱穴㊲。 木魅睒睗㊳,山精妖孽㊴。

枯树赋

况复风云不感[60]，羁旅无归[61]，未能采葛[62]，还成食薇[63]。沉沦穷巷[64]，芜没荆扉[65]，既伤摇落[66]，弥嗟变衰[67]。《淮南子》云："木叶落，长年悲[68]。"斯之谓矣。乃歌曰："建章三月火[69]，黄河万里槎[70]。若非金谷满园树[71]，即是河阳一县花[72]。"桓大司马闻而叹曰[73]："昔年种柳，依依汉南。今看摇落，凄怆江潭。树犹如此，人何以堪[74]！"

---

① 殷仲文：字仲文，陈郡（今河南淮阳）人。少有才藻，美容貌。为新安太守。元兴元年（402年），桓玄入建康（今江苏南京），仲文弃郡投玄，被用为咨议参军。二年，桓玄废晋安帝，立国号楚，仲文以佐命（辅政）亲贵。三年，桓玄败，仲文随玄西走，至巴陵（今湖南岳阳），叛玄，因奉二后（永安皇后何氏、皇后王氏）投义军，而为镇军长史，转尚书。义熙三年（407年），与桓胤、骆球等谋反，被刘裕所杀。《晋书》卷九十九有传。风流：英俊。儒雅：风度温文尔雅。 ② 东阳：今浙江金华。 ③ 忽忽：恍忽，失意的样子。殷仲文复归晋朝，自认为素有名望，必当朝政，结果只做到大司马咨议，而且和他平日所看不起的谢混等人比肩同列，所以常感到怏怏不得志。后来又出为东阳太守，就更加怨愤。见《晋书》本传。 ④ 婆娑（suō）：本指舞蹈时婉转倾侧的样子，引申为人的偃息纵弛之貌，这里用来形容槐树枝干分散剥落。《世说新语·黜免》："桓玄败后，殷仲文还为大司马咨

议,意似二三(反复无定),非复往日。大司马府厅前有一老槐,甚扶疏(繁茂分披)。殷因月朔,与众在厅,视槐良久,叹曰:'槐树婆娑,无复生意!'"　⑤ 生意:生机。　⑥ 白鹿:指白鹿塞,在今甘肃敦煌。其地多古松,常有白鹿栖息树下。见《十三州志》。贞松:松历寒不凋,故喻其品格为坚贞。　⑦ 青牛文梓:秦文公时,雍州南山有文梓树,树中有神,伐树断,有一青牛出,逃入澧水中。见《录异传》(《初学记》卷八引)。　⑧ 盘魄:同"磅礴(páng bó)",盛大。　⑨ 表里:内外。　⑩ 销亡:枯死。《汉书·外戚传》载,李夫人死后,武帝思念不已,作赋伤悼说:"秋气憯以凄泪兮,桂枝落而销亡。"　⑪ 半死:凋残。汉枚乘《七发》:"龙门之桐,高百尺而无枝……其根半生半死,冬则烈风、漂霰、飞雪之所激也,夏则雷霆、霹雳之所感也。"　⑫ 三河:汉时称河东、河内、河南三郡为三河,相当今河南西北部、山西南部地区。　⑬ 九畹:《楚辞·离骚》:"余既滋兰之九畹兮,又树蕙之百亩。"十二亩为"畹","九"为虚数,泛指多。　⑭ 建始:建始殿在洛阳,建安二十五年(220年)曹操所建。　⑮ 睢(suī)阳:今属河南商丘,汉梁孝王刘武于此建东苑,方三百里。　⑯ 嶰(xiè)谷:传说在昆仑山北,黄帝曾派伶伦至此地取竹制作乐器。这里指乐曲。见《汉书·律历志》。　⑰ 云门:黄帝时的舞曲。见《周礼·大司乐》。　⑱ 集凤:凤鸟来集。《礼瑞命记》:"黄帝服黄服,戴黄冠,斋于宫,凤蔽日而来,止帝园,食竹实,栖帝梧桐,终不去。"乐府古辞《步出夏门行》:"凤凰鸣啾啾,一母将九雏。"　⑲ 巢鸳:鸳鸯筑巢其上。《列异传》载,宋康王欲夺韩凭妻,逼死韩凭,妻跳台自杀,分别埋之,两冢各生梓树,根交枝错,合为一体,有鸳鸯雌雄各一栖其上,晨夕不去。　⑳ 风亭:这里指晋陆机、陆云的故乡华亭(今

枯树赋

19

上海松江区)。陆机兄弟被成都王司马颖杀害,遇害前陆机叹道:"华亭鹤唳(lì),有可复闻乎!"参见《哀江南赋》"华亭鹤唳,岂可复闻乎"句注。 ㉑月峡:明月峡,巴郡三峡(明月峡、广德峡、东突峡)之一,在今重庆市东北八十里,峡壁有圆孔,形如满月。见《华阳国志》《益州记》。吟猿:巴东三峡(广溪峡、巫峡、西陵峡)水路艰险,行人至此往往起怀乡之感,有渔歌唱道:"巴东三峡巫峡长,猿鸣三声泪沾裳。"见《水经注·江水》。这里合二事而用之。 ㉒拥肿:同"臃肿",树木瘦节多而不平。《庄子·逍遥游》:"吾有大树,人谓之樗(chū,臭椿树),其大本拥肿而不中绳墨,其小枝卷曲而不中规矩。立之途(道路),匠者不顾。" ㉓盘坳(ào):盘曲扭结的样子。㉔彪:小虎。 ㉕节:柱上的斗拱,雕成山形,故又称山节。㉖文:彩绘,指梁上短柱绘有水草花纹,也称藻文。蹙(cù):紧凑,这里指水纹皱在一起。 ㉗匠石:木匠名石。《庄子·人间世》载,有个叫石的木匠到齐国去,路上见到一棵被奉为神树的大栎(lì)树,连看也不看,因为他知道栎树木质极差,没有大用途。这里反用其意。㉘公输:春秋时鲁国的能工巧匠,姓公输名班,也称鲁班。 ㉙剞劂(jī jué):雕刻用的弯刀。 ㉚纷披:散乱的样子。 ㉛松子:指松树,子可食。一说作"松梓",松树与梓树。晋左思《吴都赋》:"木则枫柙、豫樟、栟榈、枸桹、绵杬、杶栌、文欀、桢橿、平仲、君迁、松梓、古度。"古度:树名,不华而实,子从皮中出,大如石榴。 ㉜平仲:树名,实白如银。君迁:树名,实如瓠形。 ㉝森梢:枝柯挺拔的样子。㉞槎枿(chá niè):树木砍后再生。斜砍为槎,斩而复生为枿。㉟大夫受职:秦始皇东封泰山,风雨骤至,避于松下,封此松为五大夫。见《史记·秦本纪》。 ㊱将军坐焉:东汉冯异不与诸将争功,独坐于大树下,军中称为"大树将军"。参见《哀江南赋》"将军一去,大树飘零"句注。 ㊲ 撼顿:摇撼倒地。 ㊳ 东海:东部近海地区。白木之庙:相传密县(今山东昌邑市东南密城)东三里有天仙宫,是黄帝葬三女处,其地植白皮松,疑指此庙。 ㊴ 西河:黄河上游地区。枯桑之社:南顿(今河南项城市西南)人张助在田中见李核,随手种在桑树中空的土中,后桑中生李树,传言树有神,远近前来祭祀。见干宝《搜神记》。社,祭土地神的地方。 ㊵ 北陆:北方。杨叶为关:取杨叶为关名,不知具体指何处。 ㊶ 南陵:泛指南方。梅根作冶:炼铜铸钱的地方取梅根为名,疑指今安徽池州市贵池区东北梅梗镇,六朝时称梅根冶。 ㊷ 小山:淮南小山,汉淮南王刘安的门客,姓名不详,今存辞赋《招隐士》,内中说"丛桂生兮山之幽","攀援桂枝兮聊淹留"。 ㊸ 扶风:指《扶风歌》,乐府诗篇名。晋刘琨《扶风歌》有"系马长松下"的句子。 ㊹ 细柳:在今陕西咸阳市西南渭河北岸。西汉文帝时,周亚夫驻军于此,称细柳营。 ㊺ 桃林:约当今河南灵宝以西、陕西潼关以东地区。春秋时晋文公命詹嘉守桃林之塞,即指此地。 ㊻ 阻绝:阻断。 ㊼ 飘零:流落。 ㊽ 拔本:拔起树根。 ㊾ 沥血:滴血。《三国志·魏书·武帝纪》裴注引《世说》及《曹瞒传》,曹操在洛阳起建始殿,伐龙濯祠树而血出;又使苏越徙植梨树,伤根尽出血。 ㊿ 空心:树枯朽心空。 ㉛ 膏:指树脂。 ㉜ 攲(qī):倾斜。 ㉝ 顿:倒下。 ㉞ 文:同"纹",指树纹。百围:形容粗大。一说合抱为围,一说径尺为围,一说五寸为围。 ㉟ 千寻:形容高大。八尺为寻。 ㊱ 瘿(yǐng):树表层的疙瘩。 ㊲ 藏穿:指虫穴。抱穴:指鸟窝。 ㊳ 木魅:树怪。《抱朴子·登涉》"山中有大树,有能语者,非树能语也,其精名曰云阳,呼之则吉。” 眒(shǎn)睒(shǎn)：闪烁。 (59) 山精：山妖。《玄中记》：“山精如人，一足长三四尺，食山蟹，夜出昼藏。”妖孽：作祟，扰乱。 (60) 风云：喻际遇。感：感应。 (61) 羁(jī)旅：寄居作客。 (62) 采葛：喻出使。《诗·王风》有《采葛》诗，旧序称“《采葛》，惧谗也”。汉郑玄笺：“喻臣以小事使出。”庾信《拟咏怀》之二十一：“避谗犹采葛，忘情遂食薇。”这里指避谗出使西魏，江陵陷，遂留在长安。 (63) 食薇：周武王灭殷，伯夷、叔齐不食周粟，隐于首阳山，采薇(野草)而食，有人告诉他们薇也属周朝所有，他们便宁肯饿死。见《史记·伯夷列传》。这里指在北朝做官。参见《哀江南赋》“让东海之滨，遂餐周粟”句注。 (64) 穷巷：陋巷，平民所居。 (65) 荆扉：柴门。 (66) 摇落：凋谢。《楚辞》宋玉《九辩》：“悲哉秋之为气也，萧瑟兮草木摇落而变衰。” (67) 弥：更加。嗟(jiē)：叹息。 (68) “淮南”句：见《淮南子·说山训》，今本作“见一叶落，而知岁之将暮……故桑叶落而长年悲也”。《淮南子》又称《淮南鸿烈》，是西汉淮南王刘安及其门客苏非、李尚等所写的杂家著作，主要阐述道家思想，间糅阴阳、儒、法诸家思想。长年：指老年人。 (69) 建章：汉武帝建建章宫，在未央宫西，建武二年(26年)毁于火。三月火：指火势大。《史记·项羽本纪》载，项羽至咸阳，“烧秦宫室，火三月不灭”。 (70) 槎(chá)：木筏。传说黄河与天河相通，有人乘浮槎上犯牵牛、织女星。见《博物志》卷十。参见《哀江南赋》“星汉非乘槎可上”句注。 (71) 金谷：指金谷园，晋石崇的别墅，在今河南洛阳。石崇《思归引序》称园内有“柏木几于万株”。参见《春赋》“金谷从来满园树”句注。 (72) 河阳：今河南孟州市西北。晋潘岳为河阳令，命满城栽桃树。参见《春赋》“河阳一县并是花”句注。 (73) 桓大司马：指东晋桓温，字元子，北征前秦还,封南郡公,加大司马、都督中外诸军事。《晋书》卷九十八有传。按,桓温为桓玄父,死于宁康元年(373年),早在桓玄篡晋之前,与殷仲文顾槐而叹并非同时,庾信在这里对举殷、桓的话不过是假设之词。　㉔"昔年"六句:依依,茂盛的样子。《世说新语·言语》篇:"桓公北征,经金城(今江苏句容市北),见前为琅玡(侨置郡,今江苏句容市境)时种柳,皆已十围,慨然曰:'木犹如此,人何以堪!'攀枝执条,泫然流泪。"这里说"汉南"(汉水之南)、"江潭"(江汉一带)乃是赋家的寓言,非实指其地。

翻译

　　殷仲文英俊多才,温文尔雅,声名传遍天下。当晋朝末年世道时局发生变化的时候,把他外放为东阳太守。他因此而感到很不得志,常常怏怏不乐,曾顾视庭前的槐树而叹息说:"这棵树的枝干分散剥落,看来是毫无生机了!"

　　譬如白鹿塞坚贞的古松,雍州南山神奇的梓树,根深叶茂,气势磅礴,与山崖内外结成一体。但桂树却枯死了,梧桐也凋败了,这又是因为什么呢?原来它们当初是从很远的地方(三河),从很广阔的园田里移植而来的。它们虽然在汉魏帝王的建始殿前开花,在睢阳梁孝王的东苑里结果。它们虽然能随风发出嶰谷乐器般的声响,枝条拂动而形成《云门》似的舞姿;虽然有凤凰携带幼雏聚集于树上,有鸳鸯围绕左右比翼双飞,不过它们临风怀想,难以忘记故乡的鹤鸣;对月叹息,又好像是听到了三峡的猿啼。

也有些弯曲结疤,上下缠扭的树木,树干粗短得如同蹲在地上的熊虎,枝条柔弱得好像出没嬉水的鱼龙。然而这样无用的树木却被用来制作山形的斗拱,藻绘的梁柱,使匠石看了大吃一惊,公输见了迷惑不解。初步雕凿成型后,竟还要用刻刀做进一步加工,或雕上有鳞有甲的祥龙,或刻成有角有牙的瑞兽。一层层灿烂如碎锦,一片片娇艳如真花。色彩纷呈的花草树木,散布成一团团的云霞。

说到松子、古度、平仲、君迁这类树木,茂盛挺拔,动辄有百顷之多,砍倒复生,往往有千年的树龄。有的树在秦朝曾受封过大夫的官职,有的树在汉朝曾与将军的名字连在一起。但不论是哪种树,它们无不受到苔藓和蕈菌的遮压,无不受到鸟雀和害虫的剥啄。在霜露的侵袭下它们不得不低眉垂首,在风烟的围剿中它们又不得不震颤乃至倒仆。东海一带有座神庙前种着白皮松,西河地区有棵枯干的桑树被奉为社神。北方用杨叶作为关塞的名称,南国又用梅根称呼冶铸的场所。淮南小山的辞赋讲过桂枝遭人攀折,刘琨的《扶风歌》也写过在松树下系马。又何止是在细柳设立过城防,在桃林修建过关塞。

至于山水隔绝,流落在异地他方。被移动的大树流着眼泪,受伤的树根鲜血淋漓。枯死的空心老干时常起火,断裂的节疤处树脂横溢。有的树歪歪斜斜地横卧在山洞口,有的树从中间拦腰折断仰倒在半山坡。纹理偏斜的极粗的树像冰块一样破碎了,纹理端正的极高的树也像瓦片一般断裂了。树身上下长满疙瘩肿瘤,树身内外满是鸟窝虫穴。丛林中有树怪出没闪烁,山野里有鬼魅游荡作祟。

更何况像我这样机运不佳,生逢国难,出使不归,羁旅异朝的人。身居陋巷,荒草掩门。看到草木的凋谢自然会伤心,看到草木的衰老枯死更要哀叹不已。《淮南子》说:"树叶落了说明一年又要过去了,这是使老年人最感伤心的事。"这些话所说的意思正和我现在的心情是一样的啊。于是我作歌唱道:"建章宫的栋梁毁于大火,黄河里的木筏烂在水中。即便不像金谷园中的柏树那样人去园空,也会像河阳县里的桃花那样枯萎不存。"桓大司马听了我的歌恐怕还会大发感慨:"当年栽种的柳树,繁茂可爱。现在看到它们枯败凋零,不能不令人凄伤。在短短的时间里树都老得不成样子了,人又怎么能经受得了年龄的催迫!"

小园赋

庾信赋以《哀江南赋》为冠,本篇为亚。二者在主题思想上有相通之处,但艺术构思迥然不同。本篇赋的前半写景赋物,处处从小园落笔,寄情于"数亩敝庐,寂寞人外",自然流露出对隐逸生活的企慕。不过在繁笔正写闲适之情的同时,却又反笔插入"心则历陵枯木,发则睢阳乱丝"等语,写出当时心境的恶劣。赋的后半则由此拓转顺落,引发出一番既是家国之恨,又是乡关之思的感慨,凄怆无奈,哀痛至深。从赋中所写的情景看,作赋的时间当是入北初期,很可能在周闵帝元年(557年)春季,此时西魏已禅位于周,江南陈霸先取梁而代之的形势也已显现端倪,而庾信在魏、周交替之际又似乎有一段赋闲退居的生活,穷愁潦倒乃至于疾病,故而赋中既以"非有意于轮轩""本无情于钟鼓"自我宽解,又以"不暴骨于龙门,终低头于马坂"自哀自怜。他的这段退居生活,我们在《寒园即目》《幽居值春》《卧疾穷愁》和《和张侍中述怀》等诗篇中也可以得到印证。

若夫一枝之上,巢父得安巢之所;一壶之中,壶公有容身之地①。况乎管宁藜床,虽穿而可坐;

嵇康锻灶，既暖而堪眠②。岂必连闼洞房，南阳樊重之第；赤墀青琐，西汉王根之宅③。余有数亩敝庐，寂寞人外，聊以拟伏腊，聊以避风霜④。虽复晏婴近市，不求朝夕之利；潘岳面城，且适闲居之乐⑤。况乃黄鹤戒露，非有意于轮轩；爰居避风，本无情于钟鼓⑥。陆机则兄弟同居，韩康则舅甥不别。蜗角蚊睫，又足相容者也⑦。

尔乃窟室徘徊，聊同凿坯⑧。桐间露落，柳下风来⑨。琴号珠柱，书名《玉杯》⑩。有棠梨而无馆，足酸枣而非台⑪。犹得欹侧八九丈，纵横数十步，榆柳两三行，梨桃百余树⑫。拨蒙密兮见窗，行欹斜兮得路⑬。蝉有翳兮不惊，雉无罗兮何惧⑭。草树混淆，枝格相交⑮。山为篑覆，地有堂坳⑯。藏狸并窟，乳鹊重巢⑰。连珠细菌，长柄寒匏⑱。可以疗饥，可以栖迟⑲。敧区兮狭室，穿漏兮茅茨⑳。檐直倚而妨帽，户平行而碍眉㉑。坐帐无鹤，支床有龟㉒。鸟多闲暇，花随四时㉓。心则历陵枯木，发则睢阳乱丝㉔。非夏日而可畏，异秋天而可悲㉕。

一寸二寸之鱼，三竿两竿之竹㉖。云气荫于丛著，金精养于秋菊㉗。枣酸梨酢，桃榹李薁㉘。

小园赋

27

落叶半床，狂花满屋㉙。名为野人之家，是谓愚公之谷㉚。试偃息于茂林，乃久羡于抽簪㉛。虽有门而长闭，实无水而恒沉㉜。三春负锄相识，五月披裘见寻㉝。问葛洪之药性，访京房之卜林㉞。草无忘忧之意，花无长乐之心。鸟何事而逐酒，鱼何情而听琴㉟？

加以寒暑异令，乖违德性，崔骃以不乐损年，吴质以长愁养病㊱。镇宅神以薶石，厌山精而照镜㊲。屡动庄舄之吟，几行魏颗之命㊳。薄晚闲闺，老幼相携，蓬头王霸之子，椎髻梁鸿之妻㊴。燋麦两瓮，寒菜一畦㊵。风骚骚而树急，天惨惨而云低㊶。聚空仓而雀噪，惊懒妇而蝉嘶㊷。

昔草滥于吹嘘，藉《文言》之庆余㊸。门有通德，家承赐书㊹。或陪玄武之观，时参凤凰之虚。观受厘于宣室，赋《长杨》于直庐㊺。遂乃山崩川竭，冰碎瓦裂，大盗潜移，长离永灭㊻。摧直辔于三危，碎平途于九折㊼。荆轲有寒水之悲，苏武有秋风之别㊽。关山则风月凄怆，陇水则肝肠断绝㊾。龟言此地之寒，鹤讶今年之雪㊿。百龄兮倏忽，光华兮已晚(51)。不雪雁门之踦，先念鸿陆之远(52)。非淮海兮可变，非金丹兮能转(53)。不暴骨

于龙门,终低头于马坂㉞。谅天造兮昧昧,嗟生民兮浑浑㉟。

---

①"若夫"四句:这是说有一枝一壶能安身即可,羁旅之人,别无他求。若夫:句首语气词。巢父:即许由,上古隐士。三国蜀谯周《古史考》:"许由,夏常居巢,故一号巢父。"壶:壶卢,即葫芦。壶公:传说中的神仙。《后汉书·方术传》载,费长房见市中有一老翁卖药治病,摊头悬一壶,市罢辄跳入壶中。 ②"况乎"四句:这是说对日常生活要求不高,有一床一灶可供起居就行了。管宁:三国时高士,字幼安,北海朱虚(今山东临朐县东南)人。常常规规矩矩跪坐在一木榻上,历时五十五年,榻与膝盖接触的地方都磨成了洞。见晋皇甫谧《高士传》。藜床:藜枝制出的坐榻,喻简陋质劣。嵇康:三国魏文学家,字叔夜,谯国铚(今安徽宿州市西南)人。性绝巧,爱好打铁。在宅中大树下引水环绕,夏天在树下打铁。见《晋书·嵇康传》。 ③"岂必"四句:这是说并不企求豪华的住宅。连阁(tà):门户相连接。樊重:东汉光武帝刘秀的舅父,南阳湖阳(今河南唐河西南)人。善经商,有田产,"所起庐舍皆有重堂高阁"。见《后汉书·樊宏传》。赤墀(chí):涂饰丹漆的台阶。青琐:门窗上饰以青漆的连环形花纹。王根:汉成帝的舅父,封曲阳侯,宅第中起土山高台,高廊阁道,赤墀青琐,类似汉宫中的白虎殿。见《汉书·元后传》。 ④"余有"四句:这是说现有住处可以怡然度日。伏腊:夏天的伏日和冬天的腊日,在秦汉时为祭祀节日。杨恽《报孙会宗书》:"田家作苦,岁时伏腊,烹羊炰(páo)羔,斗酒自劳。"(《汉书·杨敞传》)这里说自己也能

在敝庐中斗酒自劳,故称"拟"。 ⑤"虽复"四句:这是说虽然居住在京都,但不想争利于市,争禄于朝,只想过闲居生活。晏婴事见《左传》昭公三年载,齐景公要为晏婴(齐大夫)更换靠近市场的住房,晏婴说:"小人近市,朝夕得所求,小人之利也。"这里反用其意。潘岳事用其《闲居赋》:"虽吾颜之云厚,尤内愧于宁(宁武子,见《论语》)、蘧(蘧伯玉,见《论语》)。有道吾不仕,无道吾不愚。何巧智之不足,而拙艰之有余也。于是退而闲居于洛之涘。身齐逸民,名缀下士。陪京溯伊,面郊后市。" ⑥"况乃"四句:这是说不愿在北朝做官。黄鹤戒露:黄鹤生性机警,至八月白露降,流滴草叶上发出声响,鹤便高鸣相警,迁徙避害。见晋周处《风土记》。轮轩:达官贵人所乘的车。《左传》闵公二年:"卫懿公好鹤,鹤有乘轩者。"爱居:一种海鸟。《国语·鲁语》载,爱居为避海上大风,飞到鲁国东门外停留了三天,国人祭之。钟鼓:这里指祭祀。梁江淹《杂体三十首》:"《咸池》(黄帝时的乐曲)飨爱居,钟鼓或愁辛。" ⑦"陆机"四句:这是说自己是流寓之人,只要有个小小的角落就足够容身了。陆机:晋文学家,本吴人,晋灭吴,与弟陆云同赴洛阳,住参佐官舍中,瓦屋三间,云住东头,机住西头。见《世说新语·赏誉》。韩康:即韩伯,字康伯,长社(今河南长葛)人。其舅殷浩对他十分赏爱,后殷浩被黜,迁于新安县(今河南渑池县东),伯随之。见《晋书·殷浩传》。这里庾信以陆机、韩伯为喻,点明自己的羁旅身份。蜗角:喻极小。《庄子·则阳》:"有国于蜗之左角者,曰触氏;有国于蜗之右角者,曰蛮氏。"蚊睫:喻极细。《晏子春秋·景公问天下有极大极细》:"东海有虫,巢于蚊睫,再乳再飞,而蚊不为惊。" ⑧"尔乃"二句:这是说自己脱离政事,隐遁于小园。窟室:地室。《左传》襄公三十年载,郑国的伯有喜好喝酒,造了地下室,夜里在内喝酒奏乐。凿坏:穿墙而出。《淮南子·齐俗训》载,春秋时期,鲁君闻颜阖贤,欲用为相,使者前去迎接,颜阖凿穿后墙而逃。　⑨"桐间"二句:写时景。清露晨流,新桐初引,绿柳摇曳,惠风和畅,均为春景。　⑩"琴号"二句:写以抚琴读书自娱。珠柱:以珠玉为琴柱。玉杯:汉董仲舒撰《玉杯》《繁露》等书。见《汉书·董仲舒传》。今《春秋繁露》中有《玉杯》篇。　⑪"有棠"二句:写园树,有棠梨、酸枣。汉甘泉宫中有棠梨馆,见《三辅黄图》。汉陈留郡酸枣县(今河南延津西南)酸枣寺门前有韩王听政台,见晋孙楚《韩王故台赋序》。　⑫"犹得"四句:写小园的面积。欹(qī)侧:倾斜。　⑬"拔蒙"二句:写树木不剪,道路不修,得其自然。蒙密:茂密。　⑭"蝉有"二句:写园中生活自由自在。《庄子·山木》:"蝉方得美荫而忘其身。"《诗经·王风·兔爰》:"雉离(同"罹")于罗。"这里反用其意。　⑮"草树"二句:写园的荒芜。格:长枝。　⑯"山为"二句:写有山有水,均极小。篑(kuì)覆:堆一筐土。《论语·子罕篇》:"譬如平地,虽覆一篑,进,吾往也。"堂坳(āo):小坑。《庄子·逍遥游》:"覆杯水于堂坳之上,则芥为之舟,置杯焉则胶,水浅而舟大也。"　⑰"藏狸"二句:写有狸有鹊,"并窟""重巢"喻园小,又不得不聚居。狸(mái):貍物,指龟鳖等栖息于泥中的动物。　⑱"连珠"二句:写菜蔬。匏(páo):葫芦。　⑲"可以"二句:写自给自足。栖迟:游玩休息。《诗·陈风·衡门》:"衡门之下,可以栖迟;泌之洋洋,可以乐饥。"　⑳"敧区"二句:写房屋狭小破败。敧(qí)区:崎岖,高低不平。茅茨:茅屋。　㉑"檐直"二句:写房屋低矮。　㉒"坐帐"二句:写床帐陈旧,暗寓南归不得。上句用葛洪《神仙传》所载事:三国时吴人介象有仙术,吴王征至武昌

(今湖北鄂州市),为立宅,供帐皆绮绣,后告病,吴王送美梨一筐,食之即死,中午埋葬,晚上已到建邺(今江苏南京),为立庙,常有白鹤集于座上。下句用《史记·龟策列传》:"南方老人用龟支床足,行二十余岁,老人死,移床,龟尚生不死。"这里"无鹤"喻不能随意返乡,"有龟"喻久滞长安。　㉓"鸟多"二句:写花鸟各适其情,反言自己不如花鸟。　㉔"心则"二句:写园主心态,"枯木""乱丝"说明他心灰意冷,忧虑忡忡。历陵:今江西德安东。汉属豫章郡。汉应劭《汉官仪》载,豫章郡有大樟树,久枯,晋永嘉时复活,人们认为是晋室中兴之兆。睢阳:今河南商丘市南,春秋时宋国建都于此。《墨子·所染》载,墨子见染丝者而叹曰:"染于苍则苍,染于黄则黄,所入者变,其色亦变。"墨子是宋国人,这里由染丝想到发如素丝。　㉕"非夏"二句:写处境艰难。上句用《左传》文公七年事:酆舒问赵衰、赵盾哪一个贤明,贾季回答说:"赵衰是冬天的太阳,赵盾是夏天的太阳。"杜预注:"冬日可爱,夏日可畏。"下句用宋玉《九辩》:"悲哉秋之为气也,萧瑟兮草木摇落而变衰。"　㉖"一寸"二句:写有鱼有竹,一二言其小,三两言其少。　㉗"云气"二句:写有蓍有菊,可供服食延年。蓍(shī):多年丛生的草,可入药。《史记·龟策列传》载,蓍草丛生百茎,下有神龟守护,上有祥云覆荫。金精:九月上寅日采摘的甘菊名金精,可入药。见葛洪《玉函煎方》。　㉘"枣酸"二句:写果木之多。酢:"醋"的本字。楒(sī):山桃。薁(yù):山李。这里为协韵而倒文,应是"酸枣酢梨,楒桃薁李"。　㉙"落叶"二句:伤花木早凋。狂:用《荀子》:"狂生者不胥时而落。"　㉚"名为"二句:自称为隐者。野人:山野之人。《高士传》载,汉桓帝出游,百姓争相围观,有老父耕作不辍,有人问他为何不去看,他说:"我是山野之人,听不懂你的话。"愚公:春秋时齐国一老者自号愚公,齐桓公出猎,问此为何地,愚公称其所居为愚公之谷。见《说苑·政理》。 ㉛"试偃"二句:这是说弃官归隐。偃(yǎn)息:休息。抽簪:古人绾发用簪固定,然后戴冠。抽簪即披发,比喻不再做官。 ㉜"虽有"二句:指不与外人来往。沉:陆沉,指隐居乡里。《庄子·则阳》:"其口虽言,其心未尝言,方且与世违,而心不屑与之俱,是陆沉者也。"晋郭象注:"人中隐者,譬无水而沉也。" ㉝"三春"二句:写来往者皆属隐士。负锄:指荷蓧(diào)丈人。《论语·微子篇》载,子路随孔子出行,碰到一个老人,用拐杖挑着锄草用的工具,经过一番对话,孔子断言这是一位隐者。披裘:指披裘公。《高士传》载,延陵季子游于齐国,见道旁有人家遗落的金子,就让一个穿皮袄打柴的人去捡,那人说:"我夏天还要穿着皮袄背柴,难道是捡金子的人吗!"问姓名,不告而去。 ㉞"问葛"二句:写闲时钻研药性卦理。按,类似的话在庾集中凡三见,另两处是《卧疾穷愁》:"稚川求药录,君平问卜林。"《和张侍中述怀》:"时占季主卜,乍败韩康药。"大抵庾信此时在病厄之中。葛洪:东晋医学家,字稚川,句容(今属江苏)人。著有《金匮药方》《肘后备急方》等。《晋书》卷七十二有传。京房:西汉《易》学专家,字君明,顿丘(今河南浚县北)人。著有《周易集林》《周易占事》等。《汉书》卷七十五有传。 ㉟"草无"四句:即景伤怀,哀叹自己处非其所,行不由己。忘忧:即萱草。嵇康《养生论》:"萱草忘忧。"长乐:即紫花。傅玄《紫华赋序》:"紫华一名长乐花。"逐酒:《庄子·至乐》:"昔者海鸟止于鲁郊,鲁侯御而觞之于庙,奏九韶以为乐,具太牢以为膳。鸟乃眩视忧悲,不敢食一脔,不敢饮一杯,三日而死。"听琴:《荀子·劝学》:"昔日瓠巴鼓瑟而沉鱼出听。" ㊱"加以"四句:这是说不能适应长安的气候与所处的地位。寒暑异令:指南北方气候节令不同。德性:本性。崔骃:字亭伯,涿郡安平(今属河北)人。曾任车骑将军窦宪的僚属,多次劝谏,得罪了窦宪,被远放为长岑长,不愿赴任,郁郁而死。《后汉书》卷五十二有传。吴质:字季重,济阴(今山东定陶县西北)人。建安二十二年(217年),魏大疫,死了很多人。魏太子曹丕写信问吴质平安,吴质复信说:"质已四十二矣,白发生鬓,所虑日深,实不复若平日之时也。"庾信在这里实际上是要说自己"以不乐损年","以长愁养病",用在崔骃、吴质身上都很勉强,甚至可以说是附会杜撰。 ㊲"镇宅"二句:这是说禳病祛邪。薶(mái)石:埋石。《淮南万毕术》:"埋石四隅,家无鬼。"梁时风俗十二月暮日,掘宅四角,各埋一大石以镇宅。见宗懔《荆楚岁时记》。厌:同"魇",镇压。照镜:《抱朴子·登涉》:"万物之老者,其精悉能假托人形,以眩惑人目而常试人,唯不能于镜中易其真形耳。是以古之入山道士,皆以明镜径九寸已上悬于背后,则老魅不敢近人。" ㊳"屡动"二句:这是说因思念乡关几乎至于昏乱。庄舄(xì):越人,在楚为官,病中怀思故国,吟唱越歌。见《史记·张仪传》。魏颗:其父魏武子宠爱一妾,武子病,命颗必嫁此妾,病重时,又命颗以此妾殉葬,武子死后,魏颗把妾嫁出去,认为这是听从武子清醒时的命令,不听从他昏乱时的命令。见《左传》宣公十五年。 ㊴"薄晚"四句:这是说全家甘愿穷困守志。薄:迫近。王霸:《后汉书·列女传》载,王霸屡征不仕,其友人令狐子伯为楚相,偕子来访,车马随从,雍容华贵,霸见自己的儿子蓬发厉齿,未知礼则,不觉面有惭色,其妻则劝慰他当以志气为重。梁鸿:《后汉书·逸民传》载,梁鸿初娶孟氏,见她过于装饰,七天没答理她,后来孟氏改为简易的椎形发髻,着布衣,不停地干活,梁鸿说:"这才是我的妻子。" ㊵"爨麦"二句:指生活简朴。爨麦:陈麦。晋潘岳《马汧督诔》:"曩陈焦之麦。" ㊶"风骚"二句:写秋景,兼喻心忧。 ㊷"聚空"二句:指生活艰难。空仓雀噪:化用晋苏伯玉妻《盘中诗》:"空仓雀,常苦饥。"惊懒妇:陆玑《草木鱼虫疏》引汉代民谚:"趋(促)织鸣,懒妇惊。"意思是说蟋蟀一叫秋天就到了,懒妇要赶快为家人准备冬衣。这里以秋蝉代蟋蟀(促织)。参见庾信《和何仪同讲竟述怀》:"饥噪空仓雀,寒惊懒妇机。" ㊸"昔草"二句:这是说仰赖先人之德在梁做官。吹嘘:指吹竽。用《韩非子·内储说上》滥竽充数故事。谓昔年出仕梁朝。文言:《易·坤卦·文言》:"积善之家,必有余庆。"余庆,余福。 ㊹"门有"二句:这是说父祖有盛德。上句用《后汉书·郑玄传》。郑玄,高密(今山东高密市西南)人。北海相孔融令高密县为郑玄特立一乡,名郑公乡,门号通德门。庾信祖父庾易为南齐征士,这里以郑玄为喻。下句用《汉书·叙传》所载事:班斿博学,曾与刘向同至秘阁校书,后其子班嗣和从子班彪跟着他学习。班斿家有王室赏赐的书籍。庾信的伯父庾於陵博学有才思,父亲庾肩吾文名尤盛,这里即用以比班嗣、班彪兄弟。 ㊺"或陪"四句:这是说在梁朝时,父肩吾为梁太子中庶子,掌书记,自己为抄撰学士,父子出入东宫禁闼,所受到的隆重恩礼是其他人无法比拟的。玄武之观:指玄武阙,汉宫殿名。凤凰之虚:指凤凰殿,汉宫殿名。二者见《三辅黄图》。宣室:汉未央宫前的正室。《史书·贾生列传》载,贾谊出为长沙王太傅,一年后,汉文帝召见,当时刚刚进行过受釐(祭祀时接受臣下进献祭肉)仪式,有感于鬼神之事,就在宣室问贾谊。长杨:汉宫殿名,扬雄有《长杨赋》。直庐:侍臣值夜时的宿处。 ㊻"遂乃"四句:指侯景之乱而造成梁朝的土崩瓦解。山崩川竭:指亡国先兆,参见《哀江南赋》“山川崩竭”句注。大盗潜移:《后汉书·光武帝纪赞》:“炎正中微,大盗移国。”“大盗”指王莽,这里借指侯景之乱。参见《哀江南赋》“大盗移国”句注。长离:又称长丽,即朱雀,是一种灵鸟,代指南方。“长离永灭”指金陵失守。 ㊼“摧直”二句:这是说从江陵出使西魏,终遭不测。三危:三危山,一说在今甘肃岷县西南,三峰高耸险峻。九折:九折坂,在今四川邛崃山,山路曲折。 ㊽“荆轲”二句:指自己从江陵出使西魏一去无回。寒水之悲:荆轲入秦刺秦王,燕太子丹易水送别,荆轲慷慨作歌:“风萧萧兮易水寒,壮士一去兮不复还!”参见《哀江南赋》“壮士不还,寒风萧瑟”句注。秋风之别:苏武出使匈奴被扣留,历时十九年始归汉,李陵在匈奴有《答苏武书》说:“远托异国,昔人所悲。望风怀想,能不依依。”参见《哀江南赋》“李陵之双凫永去,苏武之一雁空飞”句注。 ㊾“关山”二句:这是说顾望关陇山川而生思乡之念。参见《哀江南赋》“莫不闻陇水而掩泣,向关山而长叹”句注。 ㊿“龟言”二句:明写北地苦寒,暗喻江陵之亡,自己不得归江南。龟言:前秦苻坚时,高陆民穿井得大龟,苻坚为池养之,十六年后龟死,太卜佐高梦龟言:“我将归江南,不遇,死于秦。”几年后,前秦亡。见《水经注》引车频《秦书》。这里用此事,一则隐指梁亡,一则表示欲归江南,不想客死于秦地。鹤讶:晋太康二年(281年)冬大雪,南州人见二鹤语于桥下说:“今兹寒不减尧崩年也。”见宋刘敬叔《异苑》卷三。这里隐指梁元帝之死。 (51)“百龄”二句:这是说自己行将暮年。光华:年华。 (52)“不雪”二句:这是说个人功过事小,不能返归故国事大。雁门之踦(jī):《汉书·段会宗传》载,段会宗为雁门太守,因事被免职,后复为西域都护,友人谷永看到他年老复远出,写信劝诫说:"愿吾子因循旧贯,毋求奇功,终更亟还,亦足以复雁门之踦(命运不好)。"鸿陆:《易·渐卦》:"鸿渐于陆,夫征不复。"意思是鸿雁本水鸟,深入陆地,意味着一去不返。㊳"非淮"二句:哀叹自己的命运无法改变。淮海:《国语·晋语》载,赵简子叹道:"雀入于海为蛤,雉入于淮为蜃(shèn),鼋鼍(yuán tuó)鱼鳖,莫不能化,唯人不能,哀夫!"金丹:古代方士以金石炼成的药物,有金丹九转之说。《抱朴子·金丹》:"九转之丹者,封涂之于土釜中,糠火先文后武,其一转至九转,迟速各有日数多少。" ㊴"不暴"二句:这是说自己终将忍辱负重,死于北方。龙门:在今陕西韩城与山西河津间。《辛氏三秦记》(《艺文类聚》引):"河津,一名龙门,大鱼集龙门下数千不得上,上者为龙,不上者为鱼,故云曝鳃龙门。"马坂:太行山的马车路。《战国策·楚策》:"夫骥之齿至矣,服盐车而上太行,蹄申膝折,毛湛胕溃,漉汁洒地,白汗交流,中坂迁延,负辕不能上。伯乐遭之,下车攀而哭之。"意思是骏马老了,还让它驾盐车上太行山,拉到半路上不去了,伯乐为之伤心落泪。
㊵"谅天"二句:这是说天意昏暗,无法究诘,人生纷乱,实在可悲。天造:天所造成的,等于说天意、天运。《易·屯卦·象传》:"天造草昧。"意思是天造草木。浑浑:纷乱的样子。

翻译

在一枝树杈上,巢父就获得了安家的处所;在一把葫芦里,壶公就找到了容身的地方。何况管宁的粗劣床榻,破成洞也还可以坐;嵇康的打铁炉边,既暖和又可以安眠。为什么一定要高阁重楼,像是南阳樊重的宅第;画栋雕窗,像是西汉王根的王府?我只有几亩大的一处房舍,在这里听不到车马的喧嚣,权且用来随俗度日,遮挡风雨严寒。我的住所即使靠近集市,也不会像晏婴那样追逐需求的便利;即使坐落在京城,也只希望像潘岳那样享受闲居的安乐。再说黄鹤自警是为了逃离人们的危害,决不会自愿去乘坐华贵的马车;爱居迁徙是为了回避海上的灾害,并不是想要谋求人们的祭拜。在流寓生活中,如能像陆机兄弟有个栖身之地,像韩伯舅甥不计利害得失,那么就算是蜗角蚊睫一般的狭小空间,我觉得已经足够安居乐业的了。

　　于是我从官场逃出来,在小园中自得其乐。正当新桐发芽,清露晨流,柳枝摇曳,惠风和畅的季节。在园中弹弹琴,读读书,也是让人惬意的。园中有棠梨、酸枣树,但没有楼台馆阁。斜着看有八九丈长,横着看有几十步宽。园中栽有两三行榆树柳树,又有百余棵梨树桃树。拨开茂密的枝条才能见到窗子,横竖走去都可以成为道路。鸣蝉有密叶遮蔽而不受惊扰,野雉不必担心罗网陷阱而自由自在。青草和绿树混为一片,长短枝桠交互伸展。有山不过像一筐土堆成,有水不过是个小土坑。水下的龟鳖因为地盘小不得不窝连着窝,孵雏的乌鹊也因为可作巢的树少不得不巢叠着巢。园中的草地上拥挤着串串的果实,架上的葫芦累累沉重而拉长了脖颈。园子里可以找到充饥的食物,也可以嬉游歇息。有几间高矮不一的房屋,草做的屋顶已经透风漏雨。屋檐低矮得碰到帽子,门框狭窄得侧身碰到眉毛。帐幔朴素引不来白鹤,床榻陈旧垫脚的只能是神龟。鸟儿幽闲自得,随意鸣啼;花儿自开自落,四季随心。唯独我心如历陵久枯的大树,发如睢阳待染的一团素丝。虽然不是夏日,也有所畏惧;虽然不见秋风,也有所悲伤。

园中有一寸二寸的小鱼,有三竿两竿翠竹。云气覆荫着丛生的著草,金精滋养着秋天的菊花。酸枣酸梨,山桃山李,枯叶布满床头,落花堆遍屋地。我称这里是山野人家,也就是齐国愚公的山谷。让我尝试一下隐居在园林,因为很久以来就曾向往退出官场的生活。园门虽有却常关闭着,我的心已经与外世隔绝。偶尔有些来往的,不是荷蓧丈人那样的隐者,就是披裘公那样的高士。空闲的时间,我或是阅读葛洪的医书,或是研究京房的卦辞。但是看到忘忧草不能使我忘忧,见到长乐花不能让我长乐。鸟儿不能饮酒而偏让它饮酒,鱼儿不愿听琴而偏让它听琴,究竟是为了什么而这样违背他们的本心呢?

再加上南北方气候寒热不同,我感到不能适应,肯定会因为抑郁不乐而折损寿命,因为长年愁苦而积成疾病。在住宅四角埋上大石以镇鬼怪,挂上明镜以照精灵。我如同庄舄一样因思乡而病倒,又如同魏颗的老父一般病到昏乱欲死。暮色笼罩了空荡荡的房屋,我看着全家老老少少,真感到对不起受苦的儿子,也对不起勤俭的妻子。家里只有两瓮麦子,一畦秋菜。风吹得大树不停地摇动,低沉的云层使天空变得一片昏暗。空空的粮仓上聚集着吵闹的麻雀,懒妇们的耳边响起了秋蝉的悲鸣。

当年我托先辈的福荫，在梁朝的宫廷里滥竽充数。我的祖父可以和建有通德门的郑玄媲美，我的父亲和伯父也和读过王室赐书的班嗣、班彪同样博学。我有时在玄武阙陪坐，有时到凤凰殿听讲。曾经像贾谊在宣室受到召见，又曾像扬雄待命赋写诗文。不料山崩地裂，河流枯竭，冰消雪散，石碎瓦解，大盗侯景篡权作乱，江南故国陷于灭顶之灾。我回国的平坦大道一下子就被摧毁，变得像三危山、九折坂一样的艰险难行。如同燕太子为荆轲在易水饯行，又如同李陵在匈奴为苏武送别，我从此有去无回，只能长留在异国他乡。关中的山川风月使我满怀凄怆，陇头流水一类的歌曲更让人痛彻肝肠。这里严寒多雪，完全不同于故国江南。人的一生很快要过去了，我已开始进入晚年。虽然不想洗雪以往遭遇的不幸，但还是丢不开南归故乡这个意念。可怜我既不能像雀雉入淮海而发生变化，又不能像金丹在土釜中一连九转。我如果无法如愿回到南方，最后也只好在北朝忍辱负重地活下去了。看来昏暗的天意就是这样的，对纷乱的人生我只有叹息而已。

哀江南赋并序

能够代表庾信的文学风格与成就的作品,当首推这篇大赋。他在这篇赋中,以个人的身世遭遇为主线,追述故国萧梁的盛衰兴亡,抒发胸中的哀怨和愧恶。赋的题目取自《楚辞·招魂》:"目极千里兮伤春心,魂兮归来哀江南。"司马迁认为《招魂》是屈原所作。屈原在流放中听到楚怀王死于秦国,遂采用"招魂"的形式来表达他对怀王的哀悼和对楚国命运的忧伤。庾信的这篇赋,前叙侯景之乱,所哀在建康(今江苏南京);后悲元帝之祸,所哀在江陵(今属湖北),建康、江陵都可以称为江南,加以心气相通,所以直接用《招魂》的句子为题,其中恐怕也有为梁帝招魂的意思吧。作赋的直接起因有二:一是陈、周通好,沈炯、王克、殷不害等先后许归旧国,唯独他和王褒几个人留而不遣,赋归无望,哀怨益深,不吐不快;二是见到沈炯返南后所写的《归魂赋》,触动心弦,引发了创作的欲望。(用陈寅恪《读〈哀江南赋〉》说)作赋的时间一般认为是在晚年,大抵是周武帝宣政元年(578年)十二月,宣帝已即位,尚未改元。

粤以戊辰之年①,建亥之月②,大盗移国③,金陵瓦解。余乃窜身荒谷,公私涂炭④;华阳奔命,有去无归⑤。中兴道销,穷于甲戌⑥。三日哭于都亭⑦,三年囚于别馆⑧。天道周星⑨,物极不反。傅燮之但悲身世,无处求生⑩;袁安之每念王室,自然流涕⑪。

昔桓君山之志事⑫,杜元凯之平生⑬,并有著书,咸能自序。潘岳之文采⑭,始述家风;陆机之辞赋⑮,先陈世德。信年始二毛⑯,即逢丧乱⑰,藐是流离⑱,至于暮齿。《燕歌》远别,悲不自胜⑲;楚老相逢,泣将何及⑳!畏南山之雨,忽践秦庭㉑;让东海之滨,遂餐周粟㉒。下亭漂泊㉓,高桥羁旅㉔。楚歌非取乐之方㉕,鲁酒无忘忧之用㉖。追为此赋,聊以记言,不无危苦之辞,惟以悲哀为主㉗。

日暮途远㉘,人间何世!将军一去,大树飘零㉙;壮士不还,寒风萧瑟㉚。荆璧睨柱,受连城而见欺㉛;载书横阶,捧珠盘而不定㉜。锺仪君子,入就南冠之囚㉝;季孙行人,留守西河之馆㉞。申包胥之顿地,碎之以首㉟;蔡威公之泪尽,加之以血㊱。钓台移柳,非玉关之可望㊲;华亭鹤唳,岂河桥之可闻㊳!

孙策以天下为三分,众才一旅㊴;项籍用江东之子弟,人唯八千㊵。遂乃分裂山河,宰割天下㊶。岂有百万义师,一朝卷甲,芟夷斩伐,如草木焉㊷?江淮无涯岸之阻,亭壁无藩篱之固㊸。头会箕敛者,合从缔交㊹;锄耰棘矜者,因利乘便㊺。将非江表王气,终于三百年乎㊻?是知并吞六合,不免轵道之灾㊼;混一车书,无救平阳之祸㊽。呜呼!山岳崩颓㊾,既履危亡之运;春秋迭代㊿,必有去故之悲。天意人事,可以凄怆伤心者矣[51]!

况复舟楫路穷[52],星汉非乘槎可上[53];风飙道阻,蓬莱无可到之期[54]。穷者欲达其言[55],劳者须歌其事[56]。陆士衡闻而抚掌[57],是所甘心;张平子见而陋之[58],固其宜矣。

我之掌庾承周,以世功而为族[59];经邦佐汉,用论道而当官[60]。禀嵩华之玉石,润河洛之波澜[61]。居负洛而重世,邑临河而晏安[62]。逮永嘉之艰虞,始中原之乏主[63]。民枕倚于墙壁,路交横于豺虎[64]。值五马之南奔,逢三星之东聚[65]。彼凌江而建国,始播迁于吾祖[66]。分南阳而赐田,裂东岳而胙土[67]。诛茅宋玉之宅,穿径临江之府[68]。

水木交运,山川崩竭[69],家有直道,人多全节[70]。训子见于纯深,事君彰于义烈[71]。新野有生祠之庙[72],河南有胡书之碣[73]。况乃少微真人,天山逸民,阶庭空谷,门巷蒲轮⑭。 移谈讲树⑮,就简书筠⑯,降生世德,载诞贞臣⑰。 文词高于甲观,楷模盛于漳滨⑱。 嗟有道而无凤⑲,叹非时而有麟⑳。 既奸回之奰逆㉑,终不悦于仁人㉒。

王子滨洛之岁,兰成射策之年㉓。 始含香于建礼,仍矫翼于崇贤㉔。 游洊雷之讲肆,齿明离之胄筵㉕。 既倾蠡而酌海,遂测管而窥天㉖。 方塘水白,钓渚池圆㉗。 侍戎韬于武帐,听雅曲于文弦㉘。 乃解悬而通籍,遂崇文而会武㉙。 居笠毂而掌兵,出兰池而典午㉚。 论兵于江汉之君,拭玉于西河之主㉛。

于时朝野欢娱㉜,池台钟鼓。 里为冠盖㉝,门成邹鲁㉞。 连茂苑于海陵,跨横塘于江浦㉟。 东门则鞭石成桥,南极则铸铜为柱㊱。 橘则园植万株,竹则家封千户㊲。 西赆浮玉,南琛没羽㊳。 吴歈越吟,荆艳楚舞㊴。 草木之遇阳春,鱼龙之逢风雨㊵。 五十年中⑩,江表无事。 王歙为和亲之侯,班超为定远之使⑩。 马武无预于甲兵,冯唐不论于将帅⑩。

岂知山岳暗然,江湖潜沸⑩。 渔阳有闾左戍卒,离石有将兵都尉⑩。 天子方删诗书,定礼乐,设重云之讲,开士林之学⑯。 谈劫烬之灰飞,辨常星之夜落⑰。 地平鱼齿,城危兽角⑱。 卧刁斗于荥阳,绊龙媒于平乐⑲。 宰衡以干戈为儿戏,缙绅以清谈为庙略⑳。 乘渍水以胶船,驭奔驹以朽索㉑。 小人则将及水火,君子则方成猿鹤㉒。 敝箄不能救盐池之咸,阿胶不能止黄河之浊㉓。 既而鲂鱼頳尾,四郊多垒㉔。 殿狎江鸥,宫鸣野雉㉕。 湛卢去国,艅艎失水㉖。 见被发于伊川,知百年而为戎矣㉗!

彼奸逆之炽盛⑱,久游魂而放命⑲。 大则有鲸有鲵,小则为枭为獍⑳。 负其牛羊之力,凶其水草之性㉑。 非玉烛之能调,岂璇玑之可正㉒! 值天下之无为,尚有欲于羁縻㉓。 饮其琉璃之酒,赏其虎豹之皮㉔。 见胡柯于大夏,识鸟卵于条枝㉕。 豺牙密厉,虺毒潜吹㉖。 轻九鼎而欲问,闻三川而遂窥㉗。

始则王子召戎,奸臣介胄㉘。 既官政而离逼,遂师言而泄漏㉙。 望廷尉之逋囚,反淮南之穷寇㉚。 出狄泉之苍鸟,起横江之困兽㉛。 地则石鼓鸣山,天则金精动宿㉜。 北阙龙吟,东陵麟斗㉝。 尔乃桀黠横扇,冯陵畿甸㉞。 拥狼望于黄图,填卢山于赤县⑬。青袍如草,白马如练⑯。天子履端废朝,单于长围高宴⑰。两观当戟,千门受箭⑱。白虹贯日,苍鹰击殿⑲。竟遭夏台之祸,终视尧城之变⑭。官守无奔问之人,干戚非平戎之战⑪。陶侃空争米船,顾荣虚摇羽扇⑫。

将军死绥⑬,路绝长围⑭。烽随星落,书逐鸢飞⑮。遂乃韩分赵裂,鼓卧旗折⑯。失群班马,迷轮乱辙⑰。猛士婴城,谋臣卷舌⑱。昆阳之战象走林,常山之阵蛇奔穴⑲。五郡则兄弟相悲,三州则父子离别⑮。

护军慷慨,忠能死节,三世为将,终于此灭⑮。济阳忠壮,身参末将,兄弟三人,义声俱唱⑫。主辱臣死,名存身丧,狄人归元,三军凄怆⑬。尚书多算,守备是长,云梯可拒,地道能防⑭。有齐将之闭壁,无燕师之卧墙,大事去矣,人之云亡⑮!申子奋发,勇气咆勃,实总元戎,身先士卒⑯。胄落鱼门,兵填马窟,屡犯通中,频遭刮骨⑰。功业天柱,身名埋没⑱。

或以隼翼鹗披,虎威狐假⑲。沾渍锋镝,脂膏原野⑯。兵弱虏强,城孤气寡⑰。闻鹤唳而心惊,听胡笳而泪下⑱。拒神亭而亡戟,临横江而弃马⑬。崩于钜鹿之沙,碎于长平之瓦⑭。

于是桂林颠覆,长洲麋鹿⑮。溃溃沸腾,茫茫墋黩⑯。天地离阻,神人惨酷。晋郑靡依,鲁卫不睦⑰。竞动天关,争回地轴⑱。探雀鷇而未饱,待熊蹯而讵熟⑲。乃有车侧郭门,筋悬庙屋⑳。鬼同曹社之谋,人有秦庭之哭⑰。

尔乃假刻玺于关塞,称使者之酬对⑰。逢鄂坂之讥嫌,值耏门之征税⑱。乘白马而不前,策青骡而转碍⑰。吹落叶之扁舟,飘长风于上游⑮。彼锯牙而钩爪,又循江而习流⑯。排青龙之战舰,斗飞燕之船楼⑰。张辽临于赤壁,王濬下于巴丘⑱。乍风惊而射火,或箭重而回舟⑲。未辨声于黄盖,已先沉于杜侯⑳。落帆黄鹤之浦,藏船鹦鹉之洲⑱。路已分于湘汉,星犹看于斗牛。

若乃阴陵失路,钓台斜趣⑱。望赤壁而沾衣,舣乌江而不渡⑱。雷池栅浦,鹊陵焚戍。旅舍无烟,巢禽无树⑱。谓荆衡之杞梓,庶江汉之可恃⑱。淮海维扬,三千余里⑰。过漂渚而寄食,托芦中而渡水⑱。届于七泽,滨于十死⑲。嗟天保之未定,见殷忧之方始⑲。本不达于危行,又无情于禄仕⑲。谬掌卫于中军,滥尸丞于御史⑲。

哀江南赋并序

47

信生世等于龙门,辞亲同于河洛,奉立身之遗训,受成书之顾托[193]。昔三世而无惭,今七叶而始落[194]。泣风雨于《梁山》,惟枯鱼之衔索[195]。入欹斜之小径,掩蓬藋之荒扉[196]。就汀洲之杜若,待芦苇之单衣[197]。

于是西楚霸王,剑及繁阳[198],鏖兵金匮,校战玉堂[199]。苍鹰赤雀,铁轴牙樯,沉白马而誓众,负黄龙而渡江[200]。海潮迎舰,江萍送王,戎车屯于石城,戈船掩于淮泗[201]。诸侯则郑伯前驱,盟主则荀罃暮至[202]。剖巢熏穴,奔魑走魅,埋长狄于驹门,斩蚩尤于中冀[203]。燃腹为灯,饮头为器[204]。直虹贯垒,长星属地[205]。昔之虎踞龙盘,加以黄旗紫气,莫不随狐兔而窟穴,与风尘而殄瘁[206]。

西瞻博望,北临玄圃。月榭风台,池平树古[207]。倚弓于玉女窗扉,系马于凤凰楼柱[208]。仁寿之镜徒悬,茂陵之书空聚[209]。若夫立德立言,谟明寅亮,声超于系表,道高于河上[210]。更不遇于浮丘,遂无言于师旷[211]。以爱子而托人,知西陵而谁望[212]!非无北阙之兵,犹有云台之仗[213]。

司徒之表里经纶,狐偃之惟王是勤[214]。横琱戈而对霸主,执金鼓而问贼臣[215]。平吴之功,壮于杜元凯；王室是赖，深于温太真㉗。始则地名全节，终则山称枉人㉑。南阳校书，去之已远；上蔡逐猎，知之何晚㉘！镇北之负誉矜前，风飙凛然㉙。水神遭箭，山灵见鞭㉚。是以蛰熊伤马，浮蛟没船；才子并命，俱非百年㉛。

中宗之夷凶靖乱，大雪冤耻㉜。去代邸而承基，迁唐郊而纂祀㉝。反旧章于司隶，归余风于正始㉞。沉猜则方逞其欲，藏疾则自矜于己㉟。天下之事没焉，诸侯之心摇矣㊱。既而齐交北绝，秦患西起㊲。况背关而怀楚，异端委而开吴㊳。驱绿林之散卒，拒骊山之叛徒㊴。营军梁溠，蒐乘巴渝㊵。问诸淫昏之鬼，求诸厌劾之符㊶。荆门遭廪延之戮，夏口滥逵泉之诛㊷。薎因亲以教爱，忍和乐于弯弧㊸。既无谋于肉食，非所望于《论都》㊹。未深思于五难，先自擅于二端㊺。登阳城而避险，卧砥柱而求安㊻。既言多于忌刻，实志勇而形残㊼。但坐观于时变，本无情于急难㊽。地惟黑子，城犹弹丸㊾。其怨则黩，其盟则寒㊿。岂冤禽之能塞海，非愚叟之可移山〔51〕。

况以沴气朝浮，妖精夜陨。赤乌则三朝夹日，苍云则七重围轸〔52〕。亡吴之岁既穷，入郢之年斯尽㉔。周含郑怒,楚结秦冤㉕。有南风之不竞,值西邻之责言㉖。俄而梯冲乱舞,冀马云屯㉗。儳秦车于畅毂,沓汉鼓于雷门㉘。下陈仓而连弩,渡临晋而横船㉙。虽复楚有七泽,人称三户,箭不丽于六麋,雷无惊于九虎㉚。辞洞庭兮落木,去涔阳兮极浦㉛。炽火兮焚旗,贞风兮害蛊㉜。乃使玉轴扬灰,龙文折柱㉝。

下江余城,长林故营㉝。徒思拑马之秣,未见烧牛之兵㉞。章曼枝以毂走,宫之奇以族行㉟。河无冰而马渡,关未晓而鸡鸣㊱。忠臣解骨,君子吞声㊲。章华望祭之所,云梦伪游之地㊳。荒谷缢于莫敖,冶父囚于群帅㊴。硎谷折拉,鹰鹯批攒㊵。冤霜夏零,愤泉秋沸㊶。城崩杞妇之哭,竹染湘妃之泪㊷。

水毒秦泾,山高赵陉㊸。十里五里,长亭短亭㊹,饥随蛰燕,暗逐流萤㊺。秦中水黑,关上泥青㊻。于时瓦解冰泮,风飞电散㊼。浑然千里,淄渑一乱㊽。雪暗如沙,冰横似岸㊾。逢赴洛之陆机,见离家之王粲㊿。莫不闻陇水而掩泣,向关山而长叹㉛。况复君在交河,妾在青波㉜。石望夫而逾远,山望子而逾多㉝。才人之忆代郡,公主之去清河㉔。 栩阳亭有离别之赋,临江王有愁思之歌㉕。 别有飘飖武威,羁旅金微㉖。 班超生而望返,温序死而思归㉗。 李陵之双凫永去,苏武之一雁空飞㉘。

若江陵之中否,乃金陵之祸始㉙。 虽借人之外力,实萧墙之内起㉚。 拨乱之主忽焉,中兴之宗不祀㉛。 伯兮叔兮,同见戮于犹子㉜。 荆山鹊飞而玉碎,隋岸蛇生而珠死㉝。 鬼火乱于平林,殇魂游于新市㉞。 梁故丰徙,楚实秦亡㉟。 不有所废,其何以昌㊱? 有妫之后,将育于姜㊲。 输我神器,居为让王㊳。 天地之大德曰生,圣人之大宝曰位㊴。 用无赖之子弟,举江东而全弃㊵。 惜天下之一家,遭东南之反气㊶。 以鹑首而赐秦,天何为而此醉㊷?

且夫天道回旋,生民预焉㊸。 余烈祖于西晋,始流播于东川㊹。 洎余身而七叶,又遭时而北迁㊺。 提挈老幼,关河累年㊻。 死生契阔,不可问天㊼。 况复零落将尽,灵光岿然㊽。 日穷于纪,岁将复始。 逼迫危虑,端忧暮齿。 践长乐之神皋,望宣平之贵里㊾。 渭水贯于天门,骊山回于地市㊿。 幕府大将军之爱客,丞相平津侯之待士○51。

哀江南赋并序

见钟鼎于金张,闻弦歌于许史⑩。岂知灞陵夜猎,犹是故时将军⑱;咸阳布衣,非独思归王子㉔!

---

① 粤:语首语气词。戊辰之年:梁武帝太清二年(548年)。　② 建亥之月:夏历十月。　③ 大盗:指侯景。太清二年八月,侯景反梁。十月,攻进金陵(即建康,今江苏南京)。翌年,台城(梁宫城)陷落,武帝死,简文帝即位。大宝二年(551年),侯景杀简文帝,自立为帝,国号汉。　④ "余乃"二句:侯景攻建康,梁简文帝命庾信率宫中文武千余人守卫朱雀航(桥名,在今南京市南秦淮河上),侯景至,守兵望风而逃。台城陷后,庾信逃奔江陵。荒谷:春秋时楚地,在江陵县西,这里代指江陵。公私:公室私门,即官府和百姓。　⑤ "华阳"二句:梁元帝承圣三年(554年)四月,庾信自江陵出使西魏,十一月,西魏平江陵。庾信从此羁留魏、周。华阳:华阳山,也称阳华山,在今陕西洛南县东北。这里活用典故,泛指建都长安(今陕西西安)的西魏、北周。　⑥ "中兴"二句:梁元帝于承圣元年(552年)十一月即位江陵,讨平侯景,梁得以复存。但承圣三年西魏陷江陵,元帝被杀,梁朝实际上已灭亡了。甲戌:指承圣三年。　⑦ "三日"句:三国时,魏伐蜀,蜀将罗宪守永安城,听说后主刘禅降魏,率部下到都亭哭了三天。见《三国志·蜀书·霍峻传》裴注引《襄阳记》。庾信借用此事表达对梁亡的哀痛。都亭:城郭附近的亭舍。　⑧ "三年"句:《左传》昭公二十三年载,鲁国使臣叔孙婼到晋国,被晋人软禁于箕地。别馆:指使臣所应居住的正馆以外的馆舍,居别馆意味着已取消使臣待遇。庾信引叔孙婼自比,意在说明梁亡后自己在西魏曾

被扣留。一说"三年"乃实数,承圣三年(554年)九月西魏出师江陵,此前庾信仍是使者身份,此后直至太平二年(557年)十二月梁敬帝逊位于陈,计三年又三个月,此即"囚于别馆"的时间。据此,《哀江南赋》作于出使西魏的第三年,亦即557年(说见鲁同群《庾信入北仕历及其主要作品的写作年代》)。　⑨周星:岁星(木星),约十二年运行一周天。　⑩傅燮:《后汉书·傅燮传》载,燮字南容,灵州(今宁夏灵武)人。因得罪宦官,不容于朝,出为汉阳太守,王国、韩遂等围攻汉阳,城中兵少粮尽,其子劝他弃城还乡,他慨叹说:"世乱不能养浩然之志,食禄又欲避其难乎!吾行何之?必死于此!"终至战死。这里用傅燮事感慨自己身逢乱世,被羁异域,不能自保。⑪袁安:《后汉书·袁安传》载,安字劭公,汝阳(今河南商水县西北)人。官至司徒。因为和帝幼弱,窦太后擅权,每当朝会进见及与公卿谈论国事时,袁安常常呜咽流涕。这里用袁安事表明自己念及梁朝兴亡,时常痛苦不堪。　⑫桓君山:指东汉哲学家桓谭,字君山,著有《新论》二十九篇。《后汉书》卷二十八有传。　⑬杜元凯:指西晋史学家杜预,字元凯,著有《春秋左氏经传集解》三十卷。《晋书》卷三十四有传。　⑭潘岳:字安仁,西晋文学家。《晋书》卷五十五有传。其《家风》诗说:"义方既训,家道颖颖。岂敢荒宁,一日三省。"　⑮陆机:字士衡,西晋文学家。《晋书》卷五十四有传。其《文赋》中有"咏世德之骏烈,诵先人之清芬"的句子。又作有《祖德赋》《述先赋》等。　⑯二毛:头发花白,指年已半老。侯景之乱时,庾信三十六岁。　⑰丧乱:指家破人亡。庾信《伤心赋序》:"二男一女,并得胜衣,金陵丧乱,相守亡没。"　⑱藐(miǎo):通"邈",远。⑲"燕歌"二句:王褒在梁时曾作《燕歌行》,极力描写关塞寒苦的情状,元帝、庾信等都有和诗,竞为凄切之词。后江陵陷,王褒、庾信等被俘送长安,这时才真正尝到了北方关塞寒苦的滋味。 ⑳"楚老"二句:《列子·周穆王篇》载,有一个燕国人,生于燕而长于楚,等到年老时回本国,见到城墙愀然变容,见到里社喟然而叹,见到祖居潸然而泣,见到祖坟悲不自胜。这里以楚老自比。 ㉑"畏南"二句:上句用《列女传》陶答子事,其妻以南山玄豹珍惜皮毛,雾雨天不出外觅食为比,劝丈夫修名节,不要贪求禄位。下句用《淮南子·修务篇》申包胥事,楚国申包胥赴秦求救,沿途跋涉,七日七夜。这里是说当年奉命出使西魏。 ㉒"让东"二句:上句用《史记·齐太公世家》田和把齐康公迁居海滨,自立为齐王事,暗指北周取代西魏。下句用《史记·伯夷传》武王灭殷,伯夷、叔齐不食周粟,隐于首阳山事,说自己在魏、周做官,有惭愧的意思。 ㉓下亭:《后汉书·独行传》载,孔嵩应辟赴京师,道宿下亭,其马被盗,后知为嵩,复送还。 ㉔高桥:《周书》引作"皋桥",在今江苏苏州阊门内。相传东汉皋伯通居此,梁鸿至吴依皋伯通,赁居廊下。见《后汉书·逸民传》。这里泛称羁旅之地。 ㉕楚歌:《史记·项羽本纪》载,项羽被围垓(gāi)下,夜闻汉军四面楚歌。这里是说听到唱歌也要想起家乡。 ㉖鲁酒:楚国人会诸侯,鲁、赵两国都准备向楚王献酒,鲁酒薄而赵酒厚,酒吏向赵索酒不如愿,就故意对换,使楚王认为赵酒薄,派兵围攻邯郸。事见许慎《淮南子注》。这里是说喝酒也不能消愁。 ㉗"不无"二句:嵇康《琴赋序》:"称其才干,则以危苦为上;赋其声音,则以悲哀为主。" ㉘"日暮"句:天色已晚,路途尚远。这里比喻年已垂暮,而乡关遥远,不能归去。 ㉙"将军"二句:《后汉书·冯异传》载,行军休息时,诸将围坐论功,唯独冯异躲到大树下不参与争论,军中号称大树将军。这里只取大树将军称号,不用冯异故事。按,梁元帝即位,庾信转右卫将军,出使不久,江陵陷落,所以称"飘零"。　㉚"壮士"二句:荆轲入秦,燕丹为他饯行,高渐离击筑,荆轲和而歌:"风萧萧兮易水寒,壮士一去兮不复还。"这里自喻出使无归。　㉛"荆璧"二句:《史记·蔺相如传》载,秦王欲以十五城换赵王和氏璧,蔺相如奉璧入秦,秦王无意偿赵城,蔺相如持璧睨(nì)柱,说要头与璧俱碎。这里说使西魏被欺,留在长安。　㉜"载书"二句:《史记·平原君传》载,赵平原君与楚王会盟,从早晨谈到中午还不能议决,平原君的门客毛遂按剑历阶而上,说服楚王,并捧铜盘要楚王歃(shà)血为盟。载书:盟书。这里说自己未能像毛遂那样使楚、赵结盟。　㉝"锺仪"二句:《左传》成公九年载,锺仪是楚人,被郑人俘获后送到晋国,晋侯让锺仪弹琴,锺仪奏楚国乐曲,范文子称赞说:"楚囚,君子也。"南冠:戴南方楚国式样的帽子。这里说自己本是楚人,羁留北朝形同南冠之囚。　㉞"季孙"二句:《左传》昭公十三年载,晋侯与诸侯会盟,邾、莒等国声讨鲁昭公,晋侯便不许鲁昭公参加盟会,还扣留了陪同鲁昭公前来的季孙意如带回晋国,后释放季孙时,季孙提出要按礼节办事,晋人威胁他说要不走就把他拘囚在西河地方。行人:外交官员,掌管朝觐聘问的事。这里说自己被留在西魏。　㉟"申包"二句:《左传》定公四年载,吴攻楚,破郢都(今湖北江陵)。楚申包胥入秦乞师,秦哀公不肯,申包胥站在庭墙边哭了七天七夜,直到秦同意发兵,才"九顿首而坐"。顿地:叩头。　㊱"蔡威"二句:《说苑·权谋》载,下蔡威公数谏其君,不听,知道要亡国,闭关哭了三天,"泣尽而继之以血"。这里是说,对于梁朝的灭亡,自己既无法拯救,也就只剩下蔡威公那样的痛哭了。

哀江南赋并序

㊲"钓台"二句:《晋书·陶侃传》载,陶侃为武昌太守,在钓台练兵,让诸营广种柳树。玉关:玉门关,在今甘肃敦煌西北。庾信往往以玉关比长安,认为自己犹如东汉的班超,是生活在玉门关外的异域,恨不能生入玉门关,即回到南方故乡。这里是说玉门关外看不到江南柳色。 ㊳"华亭"二句:《世说新语·尤悔》载,华亭(今上海松江区)人陆机事成都王颖,带兵讨长沙王乂,战于河桥(今河南孟州市南),机败,被颖杀害,临刑前叹道:"欲闻华亭鹤唳,可复得乎!"这是说再也听不到家乡的鸟鸣。 ㊴"孙策"二句:孙策是三国吴大帝孙权的哥哥,也是孙吴政权的开创者,被追谥为长沙桓王。《三国志·吴书·陆逊传》载,逊上疏说:"昔桓王创基,兵不一旅。"一旅:五百人。 ㊵"项籍"二句:项籍即项羽,随叔父项梁起事,率精兵八千渡江作战,与刘邦争夺天下,后败走乌江自刎,临死前对乌江亭长说:"籍与江东子弟八千人渡江而西,今无一人还,纵江东父老怜而王我,我何面目见之?"见《史记·项羽本纪》。江东:长江下游南岸地区。 ㊶宰割:割据。贾谊《过秦论》:"宰割天下,分裂河山。" ㊷"岂有"四句:这是说侯景袭来,梁朝各路援兵号称百万,但互相猜忌,很快便弃甲而逃,侯景一路烧杀,直捣金陵。芟(shān):割草。 ㊸亭壁:亭障,古时的边塞堡垒。 ㊹"头会"二句:指梁宗室诸王中与元帝萧绎对抗的人,他们互相勾结,如岳阳王萧詧不仅和河东王萧誉互通声气,而且勾结西魏。头会箕敛:秦时官吏挨户收取人头税,按数出谷,用箕聚敛。合从:战国时六国联合抗秦称合从。贾谊《过秦论》:"合从缔交,相与为一。" ㊺"锄耰"二句:指侯景之乱,割据势力如陈霸先、程灵洗、陆子隆等乘机举事,扩大实力。锄耰(yōu):锄地用的农具。棘:同"戟",兵器。矜:戟柄。《汉书》称陈涉

"起穷巷,奋棘矜",因为秦时销毁兵器,民间只有戟柄而无戟头。 ㊻"将非"二句:这是说金陵陷落。江表:江南,指金陵。王气:王者之气。金陵作为国都,历经三国吴、东晋、宋、齐、梁诸朝,自吴孙权黄龙元年至孙皓天纪四年,又自东晋元帝大兴元年至梁敬帝太平二年,共二百九十二年,"三百年"是举其整数。 ㊼"是知"二句:《史记·高祖本纪》载,刘邦进军霸上,秦王子婴素车白马,降于轵道(在今陕西西安市东北)旁。六合:天地四方,指天下。这里用秦王子婴事比梁元帝江陵之败。 ㊽"混一"二句:干宝《晋纪·总论》称,晋武帝太康年间,"天下书同文,车同轨"。而《晋书》又载,怀帝于永嘉五年(311年)蒙尘于平阳(今山西临汾市西南),七年,遇弑崩于平阳;愍帝于建兴四年(316年)投降刘曜,五年,遇弑崩于平阳。这里用晋怀帝、愍帝事比梁武帝、简文帝先后死于金陵。 ㊾山岳崩颓:喻国家覆亡。 ㊿春秋迭代:四时更替,喻改朝换代。 ㉛凄怆:悲伤。阮籍《咏怀诗》:"凄怆伤我心。" ㉜舟楫:船。楫:船桨。 ㉝星汉:天河,银河。槎(chá):木筏。《博物志》中有段神话故事,说天河与海相通,每年八月有浮槎按期往来,有一个人好奇,带着食粮乘槎而去,来到一处,见有城郭屋舍,又有织妇和牵牛郎,问是何处,回答说回去可问严君平,后来严君平告诉他牵牛郎就是天河的星宿。这里是说梁朝灭亡的事已到了无可挽回的地步。 ㉞蓬莱:传说中与方丈、瀛洲并称三神山。《汉书·郊祀志》称其远望如在云上,近看却反居水下,乘船将到达时,辄有风把船引开,怎么也到不了。这里是说我回归故国也是可望而不可及。 ㉟穷者:不得志的人。《晋书·王隐传》载,古人得志时"以功达其道",不得志时"以言达其才"。 ㊱劳者:忧伤的人。《公羊传》宣公十五年注:"饥者歌

哀江南赋并序

其食,劳者歌其事。" ㊼陆士衡:即陆机。《晋书·左思传》载,陆机刚到洛阳,想写《三都赋》,后听说左思正在写,便拍掌大笑,料定其写成后只配用来覆盖酒瓮。等到左思赋脱稿,他看了却非常佩服,自己就不再写了。 ㊽张平子:即张衡,字平子,东汉文学家。《后汉书》卷五十九有传。班固作《两都赋》,张衡认为失之鄙陋,另作《二京赋》。见《艺文类聚》卷六十一。这里说自己这篇赋被人嗤笑、鄙视是不可避免的。 ㊾"我之"二句:这是说庾氏祖先受命于周,为掌庾(谷仓)大夫,因为世代有功而形成以官职为姓的宗族。《左传》隐公八年:"官有世功,则有官族。" ㊿"经邦"二句:这是说庾氏祖先在汉代居官辅佐朝政。"经邦佐汉"即指庾孟而言。论道:坐而论道,专指陪侍帝王议论政事。 ㉛"禀嵩"二句:这是说庾氏的祖籍禀受了名山大川的灵气。按,庾氏周朝时居缑氏邑(今河南偃师市东南),东汉时居颍川郡(今河南禹州市),汉末居南阳新野县。嵩华:中岳嵩山(今河南登封北)、西岳华山(在陕西华阴南)。河洛:黄河、洛水。 ㉜"居负"二句:这是说世代生活在河洛地区,安定逸乐。负洛:洛水在北。重世:再世。晏安:安逸。 ㉝"逮永":这是说晋怀帝改元永嘉之后,刘聪、石勒相继为乱,怀帝、愍帝先后遇害,故称中原乏主。逮:及,等到。 ㉞"民忱"二句:这是说寇盗横行,民不聊生。 ㉟"值五"二句:这是说晋室南渡,元帝中兴,是为东晋。五马:五司马,指琅玡王睿、彭城王绎、西阳王羕、汝南王祐、南顿王宗,司马睿即东晋元帝。按,晋惠帝太安年间,有童谣说:"五马浮渡江,一马化为龙。"见《晋书·元帝纪》。三星:指岁星(木星)、荧惑(火星)、太白(金星)。《晋书·天文志》载,永嘉六年(312年)七月,三星聚于牵牛星、织女星之间,占星者认为这预示着西晋两都

(洛阳、长安)倾覆,而元帝将在扬州中兴。 ⑥⑥"彼凌"二句:这是说八世祖庾滔随晋室南渡。凌江建国:指晋元帝迁都建康。吾祖:指庾滔,官至散骑常侍,封遂昌侯,徙居江陵(今属湖北)。 ⑥⑦"分南"二句:这是说庾滔被封为遂昌侯,并赐与土地。南阳:春秋时晋国开辟了南阳的疆土,这里借指晋朝。东岳:指泰山,春秋时周天子有事于泰山,诸侯随从前往,在泰山下都有天子赐给的封邑(汤沐邑)。这里用来借指东晋。胙(zuò)土:帝王以土地赐封功臣。 ⑥⑧"诛茅"二句:这是说庾滔在江陵建造宅第。宋玉:战国时楚国辞赋家。庾滔的宅基是宋玉故居。临江府:共敖的府第。共敖原为楚怀王柱国,项羽立为临江王,都江陵。见《汉书·项籍传》。 ⑥⑨"水木"二句:南朝宋以水德王,齐以木德王,"水木交运"指宋、齐兴替。又宋明帝泰始末年,四川有山崩,淮水干涸,人们议论说:"山川作变,不亡何待!"见《南史·明僧绍传》。"山川崩竭"指宋亡。 ⑦⑩"家有"二句:指庾氏家族中人在宋、齐变故中,多能奉行正直之道,保全名节。 ⑦①"训子"二句:这是说庾氏忠孝传家。上句指庾易、庾黔娄而言,易是庾信祖父,在齐为征士,事见《南齐书·高逸传》;黔娄是庾信伯父,在梁为有名孝子,事见《梁书·孝行传》。下句指庾玫、庾道骥而言,玫是庾信高祖,仕宋而巴郡太守;道骥是庾信曾祖,仕齐为安西参军,事见《南史·庾易传》。 ⑦②生祠之庙:为活着的人所立的祠庙。《元和姓纂》:"(庾)滔长子会,为新野太守,百姓为立祠。"庾会大抵为东晋末年人。 ⑦③胡书之碣:碣,石碑。《元和姓纂》:"(滔)支孙庾告云,为青州刺史,羌胡为之立碑。"则"胡书之碣"指羌胡所立。青州(今山东淄博)于永嘉末陷于石勒,后南燕慕容德建都于此,刘宋时入北魏。青州在唐属河南道,则河南有碑当为泛

哀江南赋并序

指黄河以南。庾告云所属时代无考。一说"胡书"乃书法"百体"(见庾元威《论书》)之一,恐非是。　⑭"况乃"四句:指庾易以隐士被征召。少微:指少微星,其中一星为处士星,借指处士。真人:有才德的人。天山:指遁世。《易·遁卦》:"天(乾卦)下有山(艮卦),遁。"逸民:隐士。空谷:深谷。蒲轮:古代征聘贤士时,用蒲草包裹车轮,使不受颠簸,以示礼敬。按《南史·刘虬传》,齐武帝永明三年(485年),诏加蒲轮征庾易等五人。　⑮移谈讲树:《管辂别传》载,冀州裴使君召管辂为文学从事,初相见,清论终日,当时天气很热;两人把坐床移到庭前树下,一直谈到凌晨鸡鸣(《三国志·方技传》裴注引)。这里以其父庾肩吾在东宫事比管辂。　⑯就简书筠:用竹皮代纸书写,形容勤于著述。这也是指庾肩吾。　⑰"降生"二句:指庾肩吾降生在一个世有俊德的家庭,又是个坚贞不二的忠臣。按,侯景乱时,肩吾被俘,不受伪职,潜奔江陵。见《南史》本传。　⑱"文词"二句:指庾肩吾的文章、道德皆负盛名。甲观:太子宫。萧纲为太子,肩吾兼东宫通事舍人,迁太子中庶子。漳滨:漳水之滨,指江陵(漳水、沮水汇合后经江陵入长江)。　⑲有道:政治清明。这里指梁简文帝为有道之君。无凤:没有凤鸟出现,意谓简文帝处于乱世,不见祥瑞。　⑳非时:《孔子家语·辨物篇》:"麟之至为明王也,出其非时而见害,吾是以伤焉。"这里以麒麟喻庾肩吾生不逢时。　㉑奸回:邪恶。爂(bì)逆:积愤而作乱,这里指侯景之乱。　㉒仁人:《诗·柏舟序》:"仁人不遇,小人在侧。"这里指庾肩吾在侯景之乱中的不幸遭遇。　㉓"王子"二句:宇文逌《庾信集序》载,"年十五,侍梁东宫讲读","玉墀射策,高等甲科"。王子:指周灵王太子晋,亦即王子乔。《逸周书·太子晋篇》称太子晋十五岁时,极聪慧善辩。滨洛:《列仙传·王子乔》称太子晋曾游河洛之间,被浮丘公接上嵩高山为仙。兰成:庾信小名。射策:汉代取士有对策、射策之制,以射策甲科为郎。这里借指应试获甲科。　⑧④"始含"二句:上句说自己曾任尚书度支郎中,下句说为东官领直。含香:指尚书郎。《汉官仪》载,桓帝时,侍中刁存年老口臭,让他含鸡舌香奏事,从此尚书郎含香成为规定。建礼:指建礼门。《汉官典职》载,尚书郎在建礼门内值班。矫翼:高飞。崇贤:指崇贤门,借指太子所居东官。　⑧⑤"游洊"二句:指在东官为学士。洊(jiàn)雷:《易·震卦》:"洊雷,《震》。"这指震卦的卦象是二雷相重,"洊"就是重复的意思。又《易·说卦》:"《震》一索而得男,故谓之长男。"以震卦象征长子。这里以"洊雷"比喻太子。齿:序齿,按长幼为次序,意思是说太子不以尊卑,而以长幼以次序看待他。明离:指帝王。《易·离卦》:"明两作,《离》。大人以继明照于四方。"胄:胄子,指太子。　⑧⑥"既倾"二句:自谦才识短浅。蠡(lí):瓠瓢。《汉书·东方朔传》:"以管窥天,以蠡测海。"　⑧⑦"方塘"二句:指太子玄圃风景。梁简文帝有《山池》诗,庾信有《奉和山池》诗,又有《奉和濬池初成清晨临泛》诗。　⑧⑧"侍戎"二句:上句指讲武,下句指听琴。　⑧⑨"乃解"二句:宇文逌《庾信集序》:"为东官领直,春官兵马并受节度。"可见庾信在东官身兼文武两任。解悬通籍:记名于门籍,出入宫门时解下来查对。　⑨⑩"居笠"二句:这是说自己在东官职位很高。笠毂(gǔ):古兵车无盖,有专人依毂执笠,为主将遮盖掩护。兰池:汉代官观名,借指王官。典午:隐指司马(午属马)之官,就是说执掌军旅之事。　⑨①"论兵"二句:江汉之君:指江州刺史、湘东王萧绎,亦即后来的梁元帝。大同八年(542年),刘敬躬反,梁武帝派庾信与萧绎商量如何同敌人

哀江南赋并序

进行水战，终于讨平刘敬躬，庾信倍受梁帝赞赏。拭玉：擦拭圭玉，是使节往来中的一种礼仪，这里借指出使。西河之主：西河在战国初年属于魏国，这里借指东魏。大同十一年（545 年），庾信以通直散骑常侍出使东魏，文章辞令，盛为邺下所称。 (92) 于时：指侯景之乱前。朝野欢娱：张协《咏史》“昔在西京时，朝野多欢娱。” (93) 里为冠盖：《荆州记》载，汉宣帝时，襄阳岘山（今湖北襄阳）至宜城（今属湖北）百余里，住有刺史、卿士数十人，朱轩华盖，号称冠盖里（《太平御览》引）。这里形容里巷多仕宦之家。 (94) 邹鲁：邹是孟子故乡，鲁是孔子故乡，喻文教昌盛之地。 (95)“连茂”二句：上句指天监四年（505 年）在秣陵（今江苏南京市江宁区南）建兴里造建兴苑，下句指天监九年重修缘淮（秦淮河）塘（北岸起石头，迄东治；南岸起后渚篱门，至三桥）。海陵：今江苏泰州。横塘：在今江苏南京秦淮河南岸。 (96)“东门”二句：这是说梁朝疆域东至于海，南至于象林（今越南红河三角洲地区）。鞭石成桥：《史记·秦始皇本纪》载，始皇东巡，立石于东海上朐（qú）界，作为秦国的东门。又《三齐略记》载，始皇作石桥于海上，想过海看日出，有神驱石下海，石不快走辄用鞭抽打，石皆流血。铸铜为柱：《林邑记》（《太平寰宇记》引）载，东汉马援于象林南界树两铜柱，标志汉朝南界。 (97)“橘则”二句：这是说物产丰富，家家富足。《史记·货殖列传》载，蜀、汉、江陵千树橘，渭川千树竹，则其人等于封千户侯。 (98)“西赆”二句：指远方纳贡。赆（jìn）：赠送礼物。琛：珍宝，这里用作动词，进献珍宝。 (99)“吴歈”二句：指四方歌舞升平。歈（yú）：歌。 (100)“草木”二句：这是说百姓安居乐业，如草木逢春、鱼龙得雨。 (101) 五十年：梁自天监元年（502 年）至太清二年（548 年）共四十七年，这里举成数。 (102)“王歙”二句：

这是说南北通好。王歙(xī)：王昭君侄子封和亲侯，多次出使匈奴。事见《汉书·匈奴传》。班超：东汉名将，永平十六年(73年)出使西域，历访五十余城国，在西域三十一年，封定远侯。《后汉书》卷四十七有传。　⑩"马武"二句：这是说梁不必修武备。马武：《后汉书·臧宫传》载，臧宫与马武上书，请求出兵匈奴，光武帝说不如息事宁人，从此诸将不言兵事。冯唐：《汉书·冯唐传》载，汉文帝因为北境不安宁，曾问冯唐谁可任将帅事，冯唐所对中肯。　⑭"岂知"二句：这是说平静中潜伏着危机。暗然：昏暗的样子。　⑮"渔阳"二句：喻指隐患已成。渔阳：在今北京密云县西南。《史记·陈涉世家》载，秦二世元年(前209年)七月，发闾左(里门左厢，按秦时富强居右，贫弱居左)贫民九百人去守渔阳，逾期当斩，陈胜、吴广遂于大泽乡率众起义。离石：今山西吕梁市离石区。《晋书·刘元海传》载，晋惠帝末年，匈奴北部都尉刘渊以助成都王颖为名，在离石起兵反晋，建国称王。　⑯"天子"四句：指梁武帝耽溺于著述。据《梁书·武帝纪》载，武帝精通诗书礼乐，撰有《毛诗答问》《尚书大义》《乐社义》等，为《五礼》断疑，自定礼乐，并时常于重云殿讲说，又于台城西开士林馆，置学士，研讨学问。　⑰"谈劫"二句：此指梁武帝醉心佛教。劫烬：《搜神记》卷十三"劫灰"条载，汉武帝开凿昆明池，挖至深处都是灰烬，到东汉明帝时，有西域僧人来洛阳，解释说这是天地大劫烧的余灰。常星：恒星，避汉文帝(名恒)讳改。据说鲁庄公七年(前687年)四月八日，夜明，恒星不见，时佛从其母右胁生。见《文选》李善注引《吴县记》《瑞应经》。　⑱"地平"二句：指防务松懈。鱼齿：鱼齿山，在今河南宝丰县东南。兽角：《吕氏春秋·行论篇》载，鲧以兽角为城。借指城池。　⑲"卧刁"二句：指兵马无所戒备。

哀江南赋并序

刁斗：古代行军用具，昼可用来炊饭，夜则用来敲击报警。《汉书·李广传》孟康注载，刁斗"今在荥阳（今属河南）库中"。龙媒：骏马。《汉书·礼乐志》载《郊祀歌》："天马徕，龙之媒。"平乐：汉代马厩名。　⑩"宰衡"二句：指大小官员清谈误国。宰衡：指宰相，这里隐指梁中领军朱异。梁自周捨死后，朱异代掌机谋，先是劝武帝接受侯景来降，继而又把羊鸦仁等检举侯景欲谋反的报告压下来，不向武帝奏明，以致侯景叛兵袭来，梁朝毫无准备。（见《梁书》本传）所以这里说他"以干戈为儿戏"。缙绅：古代做官的人插（搢）笏于带（绅），故称士大夫为缙绅（搢绅）。清谈：清雅而不切实际的议论。《后汉书·郑太传》：孔伷"清谈高论，嘘枯吹生，并无军旅之才，执锐之干"。庙略：庙堂之策，军国大事的谋略。　⑪"乘渍"二句：这是说国家形势岌岌可危。胶船：《帝王世纪》载，周昭王南征渡汉水，船人恨他，让他坐胶船，行至江中，胶溶解，昭王堕水而死。朽索：腐朽了的绳索。《五子之歌》："予临兆民，懔乎若朽索之驭六马。"　⑫"小人"二句：这是说朝野都要遭殃。"小人"与"君子"对言，指百姓和官员。成猿鹤：《抱朴子·释滞》载，周穆王南征时，兵将死后，君子化为猿鹤，小人化为虫沙。　⑬"敝箅"二句：这是说危亡之局已成，一己之力无可挽回。敝箅（bēi）：覆盖甑底的破竹席。孔融《同岁论》："敝箅径尺，不足以救盐池之咸；阿胶径寸，不能止黄河之浊。"　⑭"既而"二句：指朝廷危急，战祸将临。魴（fáng）鱼赪（chēng）尾：《诗·汝坟》："魴鱼赪尾，王室如毁。"垒：壁垒，喻有敌入侵。《礼记·曲礼》："四郊多垒，此卿大夫之辱也。"　⑮"殿狎"二句：这是说"野鸟入处，主人将去"的不祥之兆。　⑯"湛卢"二句：指大势已去。湛卢：《越绝书·外传·记宝剑》载，楚昭王获得了吴王的湛卢剑，风胡子说:"今吴王无道,故湛卢去国。"艅艎:同"余皇",船名。《左传》昭公十七年载,楚获吴艅艎舟。　⑰"见被"二句:喻侯景将来降,祸乱由此而生。伊川:今河南伊川县。《左传》僖公二十二年载,周平王向东迁都洛阳的时候,辛有到伊川,见到披着头发在野外祭祀的人,说:"不到一百年,这里就要变成戎人居住的地方了。"后来秦国和晋国果然把陆浑之戎迁到伊川。　⑱奸逆:指侯景。　⑲游魂:似鬼魂动荡不定。指侯景本属北魏尔朱荣部将,先数降东魏,继叛降西魏,再降梁,复叛梁,反复无常。放命:放弃教命,恣性妄为。　⑳"大则"二句:鲸、鲵喻大鱼,吞食弱小。枭(xiāo):传说中一种生而食母的恶鸟。獍(jìng):一名破镜,传说中一种生而食母的凶兽,状如虎豹而略小。枭、獍喻不义。　㉑"负其"二句:这里指侯景为北方游牧部族。　㉒"非玉"二句:指侯景本性难移。玉烛:一年四季气候调和,如玉润烛明。璇玑:古代观测天象的仪器。《尚书·舜典》:"在璇玑玉衡,以齐七政(日、月、五星)。"　㉓"值天"二句:指梁武帝太清元年(547年)接受侯景来降。无为:无为而治。羁縻(mí):笼络。　㉔"饮其"二句:指与侯景媾和。琉璃之酒:结盟时用羹匙搅拌过的血酒。"琉璃"也写作"留犁",羹匙。虎豹之皮:请和所用的礼物。《左传》襄公四年载,孟乐到晋国,献上虎豹的皮革,请求晋国和各部戎人媾和。　㉕"见胡"二句:接受侯景贡献的异方物产。胡柯:指邛竹杖。《史记·大宛传》载,张骞在大夏(汉西域国名,在今阿富汗北部一带)曾见到蜀地出产的布匹和邛竹杖。条枝:汉西域国名,在今伊拉克境内。《汉书·西域传》载,条枝有大鸟,卵大如瓮。　㉖"豺牙"二句:指侯景蓄谋反叛。厉:同"砺",磨。虺(huǐ):毒蛇。　㉗"轻九"二句:指侯景欲取梁而代之。九鼎:象征国家政

哀江南赋并序

权的传国之宝。《左传》宣公三年载,楚王攻打陆浑之戎,到达洛水,在周境内陈兵示威,问起九鼎的大小轻重,有夺取周室政权之意。三川:指黄河、洛水、伊水。《战国策·秦策》载,秦武王对甘茂说:"寡人欲车通三川,以窥周室。" ⑿⑧"始则"二句:"王子""奸臣",指临贺郡王萧正德。"戎"指侯景。正德字公和,临川靖惠王第三子,曾为武帝养子,后立昭明太子,正德心怀不满,遂与侯景暗中勾结,而武帝不知阴谋,拜为平北将军,使之屯守朱雀航,侯景兵至,正德率部与之汇合。见《梁书·临贺王正德传》。介胄:甲胄,指武装。 ⑿⑨"既官"二句:侯景推正德为天子,景自为丞相。台城陷,降正德为大司马,正德有怨言,密书约鄱阳王萧契发兵相助,事情泄漏,景矫诏杀正德。官政:官正,官吏之长,指为天子事。离逷(tì):远离。指降大司马事。师言:指密约萧契发兵事。 ⒀⓪"望廷"二句:指侯景蓄谋反梁。廷尉:掌刑狱的官。《晋书·苏峻传》载,峻拥兵自重不赴诏,朝廷遣使讽谕,他说:"上面说我要造反,还能活吗?我宁山头望廷尉,不能廷尉望山头。"于是联合祖约为乱。逋囚:逃犯。淮南之穷寇:《三国志·魏书·诸葛诞传》载,诸葛诞据淮南反,大将军司马昭四面围攻,诞智力穷,从小城门逃出,被斩。 ⒀①"出狄"二句:指侯景反叛前种种不祥之兆。狄泉:在今河南洛阳市东北。《晋书·五行志》载,永嘉元年(307年)二月,洛阳东北步广里地陷,有二鹅出,苍者飞去,白者不能飞。有人说步广里即古狄泉,是周朝的盟会之地,苍鹅飞去是外族入侵之兆。后来果有刘渊之祸。这里以刘渊比侯景。横江:在今安徽和县东南。侯景反梁,由此渡江。 ⒀②"地则"二句:指兵灾之象。石鼓鸣山:《晋书·五行志》载,吴兴夏架山有石鼓,面径三尺,鸣则三吴有兵事。金精动宿:《汉书·五行志》载,太白金星进入昴宿,是为乱纪,人民流亡。　⑬"北阙"二句:指梁朝出现的灾异。北阙:秦未央宫立东阙、北阙,这里代指京都。《梁书·武帝纪》载,普通五年(524年)六月,龙斗于曲阿,西行至建陵城,所经处树木倒折,开地数十丈。东陵:即建陵,梁武帝父文帝之陵,在曲阿(今江苏丹阳)。《梁书·武帝纪》载,中大同元年(546年)春正月,建陵隧口石麒麟动,有大蛇斗于隧中,其一受伤逃走。　⑭"尔乃"二句:指侯景攻台城,纵兵杀掠。畿(jī)甸:都城内外。　⑮"拥狼"二句:指侯景以北地人横行江南。狼望、卢山:皆匈奴地名。黄图:指京都。赤县:指中国。《后汉书·西域传》:"黔首陨于狼望之地,财币縻于卢山之壑。"　⑯"青袍"二句:指侯景乱兵之多。《南史·侯景传》载,大同中有童谣说:"青丝白马寿阳来。"侯景为应童谣,乘白马,青丝为辔;兵士穿青袍。　⑰"天子"二句:上句指梁武帝自太清三年(549年)正月(即履端)起已不能视朝,下句指侯景筑长围以绝内外,把武帝围在台城里,自己在东宫饮宴为乐。单(chán)于:本指匈奴君长,这里借指侯景,以冒顿单于围汉高祖于白登事为喻。　⑱"两观"二句:指台城(梁宫)被围攻。两观:指王宫,宫门双阙,阙也称观。　⑲"白虹"二句:指梁武帝遭遇不测。《战国策·魏策》:"聂政之刺韩傀也,白虹贯日;要离之刺庆忌也,苍鹰击于殿上。"《南史·梁本纪》载,太清三年正月庚申,白虹贯日三重。　⑳"竟遭"二句:指梁武帝被幽禁。夏台:监狱名,在阳翟(今河南禹州市)。《史记·夏本纪》载,桀囚汤于夏台。尧城:舜囚禁尧的地方,在今山东莒县西。　㉑"官守"二句:指梁诸王救援不力。《左传》僖公二十四年:"天子蒙尘于外,敢不奔问官守。"奔问官守:问候天子的群臣。据《梁书》载,湘东王萧绎、河东王萧誉、桂阳王萧慥等

哀江南赋并序

援兵数十万,互相猜忌,号令不一,踟蹰不前。　⑭"陶侃"二句:指援兵被侯景击败。陶侃:晋苏峻反,江夏太守陶侃分米五万石助温峤,终于平苏峻。见《资治通鉴》卷九十四。顾荣:晋广陵相陈敏反,顾荣等起兵攻敏,先于南岸毁桥敛舟,敏率众出,无法渡江,荣挥羽扇发动攻击,敏军溃散。见《晋书·顾荣传》。这里反用陶侃、顾荣事,喻援军无退贼之功。　⑭绥:退却,指败军。　⑭长围:侯景修筑长长的防线,围困台城,使援兵不能入救。　⑭"烽随"二句:指台城内求援未成。上句指太清三年三月朔旦(初一凌晨),城内举烽鼓噪求援,羊鸦仁、柳敬礼等从东府城北来援,立脚未稳即被击败。见《梁书·侯景传》。下句指简文帝萧纲自城中放纸鸢(风筝),上系书信告急,被侯景兵射落。见《南史·侯景传》。　⑭"遂乃"二句:指各路援军四分五裂,兵无斗志。　⑭"失群"二句:指援军号令不一,一团混乱。班马:失去骑手的战马。　⑭"猛士"二句:指文臣武将都临阵退缩,提不出救援良策。婴城:环城固守。卷舌:闭口不言。　⑭"昆阳"二句:指援军溃退。昆阳:今河南叶县。《后汉书·光武帝纪》载,王莽遣王寻、王邑率兵四十二万,号百万,以长人巨无霸为垒尉,驱猛兽虎豹犀象之类助威,进围昆阳,刘秀发诸营兵大破莽军,虎豹皆股战,士卒死者以万数。常山之阵:古阵法,首尾呼应如常山蛇。《孙子兵法·九地》:"故善用兵者,譬如率然。率然者,常山之蛇也。击其首则尾至,击其尾则首至,击其中则首尾俱至。"　⑮"五郡"二句:指人民遭受战祸。五郡:《稗海》八卷本《搜神记》引《世说》载,在战乱中,有四个分别来自常山、安定、襄陵、博陵郡的人,相聚在大树下,结义为兄弟。一同来到卫国,收养事奉一孤苦老母,母临终时说家本太原,有一子在慌乱中走失。四人扶丧回太原,见太守诉说养母情况,太守闻之痛哭,正是那个走失的儿子。三州:《孝子传》(《太平广记》引)载,晋三州人约为父子,父令二人到大泽中盖房子,将要盖好时又说不如到河边盖,又说不如到河中间盖,二人便开始担土填河。有一个书生经过,缚两豚投河中,第二天河中间出现了一块陆地,于是居其上。庾信在《伤心赋》中也曾说过:"在昔金陵,天下丧乱。王室板荡,生民涂炭。兄弟则五郡分张,父子则三州离散。"和这里的说法是相同的。一说"五郡兄弟"指梁武帝诸子萧绎在湘东、萧纶在邵陵、萧纪在武陵、萧续在庐陵、萧绩在南康;"三州父子"指梁武帝被困,与其子绎、纪、纶各不相聚。所说前后重复,而且侯景之乱时萧续、萧绩已死,故不确。 ⑮"护军"四句:指韦粲战死。《梁书·韦粲传》载,散骑常侍韦粲自庐陵赴援,与侯景军战于青塘,左右牵粲避敌,粲不动,叱子弟力战,遂被杀。其子尼及三弟助、警、构、从弟昂皆战死,亲戚死者数百人。简文帝诏赠韦粲为护军将军。三世为将:韦粲祖叡,梁左卫将军;父放,梁明威将军。至粲为三世。 ⑮"济阳"四句:指江子一兄弟战死。《梁书·江子一传》载,江子一是济阳考城(今河南民权东北)人,为南津校尉,率部救援,与其弟子四、子五领百余人出战,子一身先士卒,从者不敢跟进,子一兄弟遇害。 ⑮"主辱"四句:仍指江子一事迹。前二句是说子一兄弟死后,简文帝追赠子一侍中,谥义子;子四黄门侍郎,谥毅子;子五中书侍郎,谥烈子。后二句是说子一死后,侯景军佩服他的英勇,送回遗体,面目如生。见《南史·江子一传》。狄人归元:《左传》僖公三十三年载,狄人攻打晋国,先轸脱下头盔进入狄军,死在那里,狄人送回他的头颅,面色像活着一样。 ⑮"尚书"四句:指羊侃善守,不幸而死。《梁书·羊侃传》载,侃为都官尚书,足智多

哀江南赋并序

谋,守御有方。侯景军用尖顶木驴(云梯之一种)攻城,侃作雉尾炬掷驴上焚之;侯景军起土山,侃命挖地道,潜引其土,使土山不能立。

⑮"有齐"四句:指羊侃不幸病死,台城遂陷落。齐将:战国时,燕攻齐,齐田单坚守即墨城。见《史记·田单传》。燕师:十六国时,后燕慕容垂攻北魏,至参合(今山西阳高县北)卧病,舆马过平城,筑燕昌城而还。见《十六国春秋》。人之云亡:语出《诗·大雅·瞻卬》:"人之云亡,邦国殄(tiǎn,灭绝)瘁。" ⑯"申子"四句:指柳仲礼总领援兵讨侯景。柳仲礼小名申子。《南史·柳仲礼传》载,仲礼少有胆气,勇气过人。率雍州、司州精兵和诸路援兵共讨侯景,被推为大都督。咆勃:怒气勃发的样子。元戎,主帅。 ⑰"胄落"四句:指柳仲礼英勇作战,屡受重创。鱼门:春秋时邾国的城门。《左传》僖公二十二年载,邾军获僖公头盔,挂在鱼门上。通中:贯穿内脏。刮骨:用关羽破臂刮骨去毒事,见《三国志·蜀书·关羽传》。据《南史》本传,柳仲礼与侯景战于青塘,被砍中肩部,马又陷入泥沼,幸被部将救回,从此锐气大减,神情沮丧,不敢再言战。 ⑱"功业"二句:指柳仲礼投降侯景,身败名裂。夭柱:夭折。据《南史》载,台城陷后,柳仲礼开营投降,当时援军兵力甚众,莫不愤慨,都认为梁朝的灭亡始于朱异,成于仲礼。 ⑲"戒以"二句:指侯景攻城虚张声势。《梁书·侯景传》载,邵陵王萧纶率兵来救,与侯景对阵,败走京口,侯景军俘其部将西丰公王大春、直阁将军胡子约等,押至城下,逼令高喊"已擒邵陵王",以瓦解城中士气。隼(sǔn)翼鷃(yàn)披:鷃雀披着鹰隼的翅膀。《亢仓子·君道》:"今夫以隼翼而披之鷃,视不明者正以为隼;明者视之,乃鷃也。"虎威狐假:即狐假虎威,见《战国策·楚策》。 ⑳"沾渍"二句:指梁朝援兵伤亡惨重。镝(dí):箭头。脂

膏:脂肪。　⑯"兵弱"二句:指台城孤立无援。　⑯"闻鹤"二句:指台城内一片惊恐绝望气氛。鹤唳(lì):鹤鸣。前秦苻坚进攻东晋,大败,溃兵听到鹤鸣也疑心是追兵。见《晋书·谢玄传》。胡笳:乐器。晋刘琨被胡兵围困在晋阳,窘迫无计,乘月上楼奏胡笳,敌军闻之流涕,弃围而去。见《晋书·刘琨传》。　⑯"拒神"二句:指台城陷落。神亭:《三国志·吴书·太史慈传》载,孙策与太史慈战于神亭(今江苏金坛市西北),策刺慈马,并夺得慈手戟。横江:《三国志》裴注引《江表传》载,孙策自横江(今安徽和县东南)渡长江攻刘繇,被流矢射中腿部,弃马舆还。这里以"亡戟""弃马"喻城陷。⑯"崩于"二句:指台城陷落对梁朝影响极大。上句合二为一事:一是《左传》僖公十四年载,秋八月初五日,沙鹿山崩塌;二是《史记·项羽本纪》载,项羽大破秦军章邯于钜鹿(今河北平乡)。这里以秦兵之败比沙鹿山之崩。下句也是合二事为一事:一是《史记·廉颇蔺相如传》载,秦伐韩,赵奢率兵来救,双方在武安(今属河北)西开战,秦兵鼓噪,武安屋瓦皆震动;二是同上书载,赵孝成王六年(前260年),秦与赵兵相拒长平(今山西高平市东北),赵括战死,赵兵四十万人投降。这里合用武安、长平两次大战事,比喻台城失陷使梁朝元气丧失净尽。　⑯"于是"二句:喻台城陷落。桂林:三国吴有桂林苑,在今江苏南京市东北。长洲:汉有长洲苑,在今江苏苏州。麋鹿:《汉书·伍被传》载,当年伍子胥谏吴王,吴王不听,子胥说:"臣今见麋鹿游姑苏之台也。"意思说吴就要亡国。这里以"桂林""长洲"喻金陵。　⑯"溃溃"二句:喻天昏地暗。上句用《诗·小雅·十月之交》:"百川沸腾,山冢崒崩。"下句用陆机《汉高祖功臣颂》:"茫茫宇宙,上墋(chěn)下黩。"　⑯"晋郑"二句:指台城陷后,梁诸王纷争不已。晋、郑、鲁、卫都是周朝宗室姬姓国,借喻梁宗室湘东王萧绎、邵陵王萧纶、河东王萧誉、浔阳王萧大心等。靡依:无一可靠。 ⑱"竞动"二句:喻诸王彼此争斗,天地为之震动。天关:东方角宿二星为天关,其间为天门,天门动主有兵事。地轴:《河图括地象》载,昆仑山下有八柱,柱广十万里,有三千六百轴,互相牵制,名山大川,孔穴相通。 ⑲"探雀"二句:喻指梁武帝之死。雀鷇(kòu):雏鸟。《史记·赵世家》载,赵武灵王被公子成等围在宫中,没有吃的,"探爵鷇而食之",三个多月后饿死在沙丘宫。熊蹯:熊掌。《左传》文公元年载,楚太子商臣率宫中警卫军包围成王,成王请求吃了熊蹯以后去死(熊掌难熟,想借此拖延时间,等待救兵),商臣不答应,楚王吊死。这里以赵武灵王、楚成王比梁武帝。武帝饮食被侯景裁抑,病饿口苦,索蜜不得,遂身亡。 ⑳"乃有"二句:喻指梁简文帝之死。车侧郭门:《左传》襄公二十五年载,齐大夫崔杼杀死齐庄公,把庄公的棺材在北边外城用土砖围砌,后葬于士孙之里。按,崔杼的做法是不符合礼法规定的。侧:埋而不殡于祖庙。郭门:城外。筋悬庙屋:《战国策·楚策》载,楚将淖齿杀齐湣王,抽出其筋悬挂在庙梁上。这里用崔杼、淖齿比侯景,梁武帝死,景密不发丧,权殡于昭阳殿,又废简文帝,幽禁于永福省,并派人用土囊将简文帝窒息而死。 ㉑"鬼同"二句:上句总结金陵之亡,下句暗示自己西奔江陵之意。曹社:曹国的社宫。《左传》哀公七年载,曹国有人梦见一伙君子站在国社墙外,商议灭亡曹国。后来宋公攻打曹国,俘国君曹伯阳,灭曹。秦庭:这里喻指江陵,与前"忽践秦庭"句意不同。 ㉒"尔乃"二句:这里说西奔江陵途中,假称奉使出行,混过关防。刻玺:皇帝的印信。酬对:应对。上句用《史记·酷吏传》

宁成"诈刻传出关归家"事,下句用《史记·春申君传》楚太子"变衣服为楚使者出关"事。　⑰"逢鄂"二句:指沿途盘查与关卡征税。鄂坂:即鄂坂关,在今河南登封市东南。自金陵至江陵不经河南地,这里非实指,而是用典。《晋书·惠帝纪》载,赵王伦篡帝位,齐王冏起兵讨伦,伦遣其将张泓出崿(同"鄂")坂拒冏。𦡬(ér)门:《左传》文公十一年载,宋国的战车驭手𦡬班,在长丘(今河南封丘西南)打败了狄人鄋(sōu)瞒的进攻,宋武公便把城门赏赐给他,让他征收城门税,把城门称为𦡬门。　⑭"乘白"二句:这是说因为没有正式文书,从陆路通过关口很困难。白马:《桓谭新论》载,公孙龙曾和人辩论"白马非马"的问题,人们不能说服他。后来他乘白马想出关,因为没有出关的凭证,关吏还是不让他过去,可见虚言并不能代替事实。青骡:《鲁女生别传》载,仙人李少君死后百余日,人见其在河东蒲坂乘青驴而行。这里反用其事,谓不能像仙人那样畅行无阻碍。
⑮"吹落"二句:这里是说舍弃陆路而走水路,沿长江而上。　⑯"彼锯"二句:以下十句是说途中遇到侯景兵袭击郢州(今湖北武昌)。习流:熟悉水性的士兵,即水师。《梁书·元帝纪》:大宝元年(550年)九月,任约进攻武昌(今湖北鄂州市)。大宝二年三月,侯景西上会任约,遣任约、宋子仙袭郢州。四月,湘东王绎(元帝)遣王僧辩守巴陵(今湖南岳阳)拒景。六月,侯景兵败退走,王僧辩克郢州。　⑰"排青"二句:指侯景水军。青龙、飞燕:古战船名。船楼:即楼船,一种高至十余丈的大船。　⑱"张辽"二句:上句喻梁大都督王僧辩军次巴陵,下句喻梁武猛将军胡僧祐赴援巴陵。张辽:三国魏征东将军,以七千人屯合肥,孙权率十万众围合肥,辽冲锋陷阵,所向披靡,孙权久攻不下,引兵退。事见《三国志·魏书·张辽传》。赤壁:

哀江南赋并序

在今湖北赤壁市西北。张辽军临合肥，这里说赤壁，或者别有根据。王濬：晋益州刺史，太康元年（280年）率水师伐吴，曾上书说："臣自达巴丘（今湖南岳阳），所向披靡。"见《晋书·王濬传》。⑲"乍风"二句：侯景攻巴陵，掷火烧水栅，风势不利，自焚而退。见《梁书·王僧辩传》。⑱"未辨"二句：上句喻擒侯景将丁和，下句喻擒任约。黄盖：三国吴将，赤壁之战中为流矢所中堕水，吴军得之，不知为盖，置厕中，盖奋力喊叫始获救。见《三国志》裴注引《吴书》。《南史·王僧辩传》载，僧辩平郢州，擒丁和，送往江陵，梁元帝命生钉其舌，脔割至死。这里以黄盖在厕中难以出声喻丁和被钉舌。杜侯：三国魏仆射杜畿奉命造楼船，试船时遇上大风，畿与诸葛诞俱落水，军士来救，诞说："先救杜侯。"见《三国志·魏书·杜畿传》。《南史·陆法和传》载，法和征任约，至赤沙湖，以火攻，任约藏于水中，遂被擒。这里取任约与杜畿同入水中为比。⑱"落帆"二句：庾信自言乘舟西上。"落帆""藏船"谓避祸。黄鹤之浦：在黄鹤山（今湖北武汉）下。鹦鹉之洲：故址在今湖北武汉长江中。⑱"路已"二句：有怀念故都金陵的意思。湘汉：湘水、汉水。庾信途经郢州（今武汉），至巴陵（今岳阳），再赴江陵，故称路分湘汉。斗牛：斗宿、牵牛宿，为扬州分野，看斗牛自然想到金陵。⑱"若乃"二句：这是说自己西行之艰难。阴陵：在今安徽定远县西北。《史记·项羽本纪》载，项羽至阴陵，迷失了方向，问一个农夫，农夫告诉他向左，结果陷入沼泽。钓台：在今湖北武汉长江边，三国时孙权曾在钓台饮宴，这里借指赴江陵途中要经过的地方。⑱"望赤"二句：这里也是说所经之路。赤壁：此处指湖北武汉市武昌西赤矶山。舣（yǐ）：停船靠岸。乌江：今安徽和县东北，项羽自刎处。⑱"雷池"四句：追叙途中所见。

雷池:今湖北黄梅和安徽宿松以南长江北岸一带。鹊陵:即鹊岸,今安徽贵池至无为一带长江北岸。 ⑱"谓荆"二句:指湘东王(梁元帝)萧绎可以依靠。荆衡:指荆州。《尚书·禹贡》:"荆及衡阳惟荆州。"杞梓:本指两种优质木材,借指优秀人才。《左传》襄公二十六年载,声子说:"晋国的大夫很贤明,但正像杞木、梓木、皮革一样,都是从楚国去的。"这里以杞梓暗喻梁元帝。江汉:长江、汉水间,这里隐指江陵。《左传》哀公六年载,楚昭王说:"江、汉、睢、章,楚之望也。" ⑱"淮海"二句:指行程遥远。淮海维扬:长江下游地区。《尚书·禹贡》:"淮海惟扬州。" ⑱"过漂"二句:指途中幸亏有人相助。漂渚:《史记·淮阴侯传》载,韩信早年贫困,常在淮阴城下钓鱼,一洗衣老妇见他饥饿,一连几十天给他饭吃。芦中:《吴越春秋》载,伍子胥奔吴,请一渔父渡他过河,渔父见他面有饥色,先为他去取饭,子胥生疑,藏身芦苇丛中,渔父回来后大声招呼"芦中人",渡他过江,他才摆脱了险境。 ⑱"届于"二句:这是说路经千难万险。七泽:司马相如《子虚赋》:"楚有七泽。"泛指今湖南、湖北间的湖泊。十死:十死一生,形容极其危险。 ⑲"嗟天"二句:指忧心国难。嗟(jiē)叹息。天保:上天保佑君王平安,这里指国家的命运。《史记·周本纪》载,周武王夜里睡不好,有人问他,他说:"我未定天保,何暇寐。"殷忧:深切的忧虑。《韩诗》(《文选》李善注引):"耿耿不寐,如有殷忧。" ⑲"本不"二句:自谦不会处世,不愿做官。危行:高洁的行为。《论语·宪问篇》:"邦有道,危言危行。" ⑲"谬掌"二句:指在江陵被任为御史中丞,转右卫将军。谬:荒谬,谦词。滥:滥竽充数。尸:尸位素餐,谦词。 ⑲"信生"四句:用西汉史学家司马迁及其父司马谈为比,说他父亲庾肩吾临终前也曾对他有所嘱托。

哀江南赋并序

75

龙门:在今陕西韩城市东北,司马迁诞生地。辞亲:这里指与父亲诀别。《史记·太史公自序》载,司马迁出使归来,赶往周南(在今河南洛阳,即河、洛之间)去见其父司马谈,谈临终前执迁手嘱托:"我死后不要忘记继续完成《史记》,而且孝的大义是:始于事亲,中于事君,终于立身,扬名于后世,以显父母。"庾肩吾死在江陵,庾信自梁故都金陵来江陵,江陵又地处江、汉之间,所以说"同于河洛"。顾托:临终的嘱托。　⑭"昔三"二句:这是说先辈之德无愧于前贤,到自己这一代才开始衰落了。三世:指曾祖庾道骥、祖庾易、父庾肩吾。《博物志》载,汉魏时,陈寔为太丘长,其子纪为鸿胪卿,纪子群为司空,群子泰,四世有重名,但其德渐小,当时人说:"公惭卿,卿惭长。"意即一代不如一代。这里反其意而用之。七叶:七代,指八世祖庾滔至于信为七代。左思《咏史》:"金张藉旧业,七叶珥汉貂。"意思是说金日䃅(mì dí)家自汉武帝至平帝时七代为内侍,张汤家自汉宣帝、元帝以来子孙相继为侍中、中常侍者十余人。侍中、中常侍戴武官帽子,用貂尾为装饰。这里以庾氏七世比金、张两家的贵宠。　⑮"泣风"二句:这是思念父母的话。梁山:指琴曲《梁山操》。蔡邕《琴操》载,传说曾子躬耕于泰山下,雨雪饥寒,旬月不能回家,思念父母而作《梁山操》。梁山是泰山下的小山。枯鱼:干鱼。《韩诗外传》:"枯鱼衔索,几何不蠹?二亲之寿,忽如过隙。"意思是说串干鱼的绳索很快会生虫朽烂,父母的寿命也极短暂,应赶快孝养才是。　⑯"入敧"二句:指世道不测,愿杜门远祸。上句化用张衡《应闲赋》"捷径邪(斜)至,吾不忍以投步"句,取不忍投步的意思。藋(diào):野草名,形似藜。　⑰"就汀"二句:这是说忧谗待死。杜若:香草,也叫山姜。《楚辞·九歌·湘君》:"采芳洲兮杜若。"芦苇单衣:《三国志·吴书·诸葛恪传》载,诸葛恪死后,以苇席裹身,以篾束腰,投葬于石子冈,正和童谣所说的"诸葛恪,芦苇单衣蔑钩落,于何相求成子阁(反语石子冈)"一样。这里庾信自比屈原、诸葛恪,身受猜忌,死无葬身之地。　⑱"于是"二句:指梁元帝调兵遣将讨侯景。西楚霸王:《史记·项羽本纪》载,羽自立为西楚霸王,都彭城(今江苏徐州),有九郡之地。这里喻指梁元帝萧绎,绎都江陵,为楚地,而且当时尚未正式即帝位。繁阳:今河南新蔡县北。《左传》昭公五年载,楚王攻吴国,蘧射带领繁阳的军队在夏汭会师。这里借用其事,指梁元帝讨侯景,指令江州刺史王僧辩自浔阳(今江西九江)东征,始兴太守陈霸先自南江(今赣江)北上,二者会师白茅洲(今江西湖口县北)。　⑲"鏖兵"二句:指根据兵书制定讨伐战略。鏖(áo)兵:激战。金匮:指《太公金匮》,兵书。校(jiào):较量。玉堂:汉有玉堂殿,这里泛指宫廷。　⑳"苍鹰"四句:指王僧辩、陈霸先会师后歃血盟誓,慷慨出师。苍鹰、赤雀:战船名。铁轴、牙樯:船桨和桅杆。白马:《晋书·郗鉴传》载,苏峻反,郗鉴设坛场,刑白马,大誓三军。黄龙:《吕氏春秋·知分篇》载,禹南巡渡江,黄龙负舟。又《南史·王僧辩传》载,王、陈盟军从鹊头江出发,有群鱼飞出水面作引导,又有五色云及双龙夹舰而行。这都是美言王者之师的话。　㉑"海潮"四句:指王、陈盟军一直攻到金陵。江萍:《说苑·辨物篇》载,楚昭王渡江,从江中捞到一物,大如斗,问孔子,孔子称为萍实,可剖而食,只有王霸者才能碰到,所以是吉祥物。石城:石头城,今江苏南京。淮泗:指秦淮河。　㉒"诸侯"二句:指各路兵马与王、陈主力军会师。郑伯:《左传》昭公四年载,楚灵王会诸侯,鲁、卫、曹、邾托辞不参加,只有郑伯先在申地等候。荀罃(yīng):《左传》襄公十一年

哀江南赋并序

载,诸侯攻打郑国,齐国太子光、宋国向戌先到达,驻扎在东门外,晋国荀䓨直到晚上才到达西郊。这里所指梁军事实不详。 ⑳"剖巢"四句:指梁军攻杀侯景。剖巢熏穴:《梁书·王僧辩传》载,侯景退走,僧辩入据台城,放火烧太极殿及东西堂等。奔魑(chī)走魅(mèi):指侯景军四散溃逃。驹门:子驹之门。《左传》文公十一年载,鄋瞒进攻鲁国,鲁文公派叔孙得臣迎战,俘获了鄋瞒国君长狄侨如,并杀了他,把其头颅埋在子驹之门下边。蚩尤:古部落酋长,相传曾与黄帝战于涿鹿之野,黄帝斩蚩尤于中冀。见皇甫谧《帝王世纪》。 ⑳"燃腹"二句:指侯景之死。《梁书·侯景传》载,景逃至壶豆洲,被亲信羊鲲杀死,将尸体送给王僧辩。王僧辩暴其尸于市,并其头传至江陵,梁元帝命枭之于市,然后煮而漆之,付武库。上句用董卓事,《后汉书·董卓传》载,卓被杀后,陈尸于市。卓素肥,脂流于地,守尸吏燃火置脐中,光明达曙。下句用智伯事,《史记·刺客列传》载,赵襄子最恨智伯,漆其头以为饮器(饮酒之器)。 ⑳"直虹"二句:这是说平息侯景之乱的征兆。《晋书·天文志》:"虹头尾至地,流血之象。"又《三国志·魏书·公孙渊传》载,魏司马懿攻辽东,夜有大流星长数丈,从首山东北坠襄平城东南,几天后斩公孙渊父子于流星所坠之地。 ⑳"昔之"四句:指故都金陵遭侯景之乱而凋残。虎踞龙盘:《吴录》(《太平御览》引):"(诸葛亮评金陵地形)钟山龙盘,石头虎踞,此帝王之宅。"黄旗紫气:《宋书·符瑞志》载,汉代的术士们说,黄旗紫盖出现在斗、牛之间,江东有天子气。殄瘁:困苦。《诗·大雅·瞻卬》:"人之云亡,邦国殄瘁。" ⑳"西瞻"四句:这里字面写梁朝宫苑风景,暗喻国家安宁,即"五十年中,江表无事"。博望:汉有博望苑,汉武帝为卫太子立,供他交接宾客。这里借指梁宫苑。玄圃:梁有玄圃园。 ⑱"倚弓"二句:这是说侯景之乱危及宫廷。玉女:仙女。古人窗间多刻饰玉女。凤凰楼:晋洛阳宫有凤凰楼。 ⑲"仁寿"二句:悼梁武帝。上句用陆机《与弟云书》所载事:"(晋)仁寿殿前有大方铜镜,高五尺余,广三尺二寸,立著庭中,向之便写人形体。"下句用《汉武内传》所载事:汉武帝葬茂陵,随敛杂经三十卷,元康二年(前64年),李友得其藏经金箱,交河东太守张纯奏进。 ⑳"若夫"四句:赞梁简文帝。《梁书·简文帝纪》:"读书十行俱下。九流百家,经目必记;篇章辞赋,操笔立成。博综儒书,善言玄理。"立德立言:树立德行、言论,以传世不朽。《左传》襄公二十四年:"太上有立德,其次有立功,其次有立言,虽久不废,此之谓不朽。"谟明:谋划聪明。《尚书·皋陶谟》:"允迪厥德,谟明弼谐。"寅亮:恭敬信奉。《尚书·周官》:"寅亮天地,弼予一人。"系表:意在言外。《荀粲别传》(《三国志》裴注引)载,荀粲认为微言大义不可都用物象来表示,《易·系辞》并不能尽意,蕴而不出的含义正在《系辞》之外。河上:指河上公,不知其姓名,汉文帝时住在河边,故称河上公,注《老子》,为汉文帝所推重。 ㉑"更不"二句:悼梁简文帝之死。浮丘:指浮丘公,神仙。《列仙传》载,周灵王太子晋(王子乔)游伊洛之间,道士浮丘公接上嵩高山。简文帝于中大通三年(531年)被立为太子,太清三年(549年)三月,台城陷,受制于侯景。五月,始即帝位。这里是说简文为太子时不能像太子晋那样遇浮丘公而成仙。师旷:晋乐师。《逸周书·太子晋篇》载,师旷使周,见太子晋面带死人气,太子晋说:是的,我三年后就要去见天帝,"汝慎无言"(不要先说出去)。后来不到三年就死了。这里是说自侯景太清二年(548年)十月围台城,至大宝二年(551年)九月简文帝被杀,前

哀江南赋并序

后不足三年。　⑫"以爱"二句：上句说太清三年简文帝忧愤成疾，将幼子大圜托付给湘东王绎（梁元帝）抚养。事见《资治通鉴》。下句说简文帝二十个儿子中唯有大封、大圜以寿终，但都在江陵陷后入魏，客死长安，不能一瞻简文帝陵墓。大圜事见《周书》本传。西陵：曹操墓。曹操《遗令》："汝等时时登铜雀台，望吾西陵墓田。"　⑬"非无"二句：这是说简文帝虽然有宿卫兵仗，但反被侯景利用。北阙之兵：卫尉所统领的宫门卫兵。大宝二年（551 年）八月，侯景派卫尉卿彭儁等率兵入殿，废简文帝为晋安王，幽于永福省。云台之仗：《魏氏春秋》（《三国志》裴注引）载，魏高贵乡公把陵云台上的铠仗取下来交给卫兵，准备亲自出讨司马昭。大宝二年十月，王伟、彭儁等先向简文帝进酒，然后乘其醉寝，用土囊将简文帝窒息。　⑭"司徒"二句：指王僧辩勤王出征侯景。梁元帝即位后，因僧辩有功，进授镇卫将军、司徒。表里经纶：筹划治理国家内外大事。狐偃：晋大夫，曾劝晋文公支持出奔在外的周襄王恢复名位，即所谓"求诸侯莫如勤王（为王室尽力）"。见《左传》僖公二十五年。　⑮瑂戈：刻镂花纹的戈，"瑂"同"雕"。霸主：指河东王萧誉。《梁书·河东王誉传》载，誉为湘州刺史，梁元帝遣王僧辩攻誉，城破被斩，传首江陵。贼臣：指侯景。这两句是说王僧辩先挥戈平萧誉，然后东下平侯景。　⑯"平吴"四句：指王僧辩平侯景，有功于王室。杜元凯：《晋书·杜预传》载，预字元凯，太康元年（280 年），率兵克江陵，下建业，以灭吴之功封当阳县侯。温太真：《晋书·温峤传》载，峤字太真，为江州刺史，与陶侃等同赴国难，平苏峻之乱。　⑰"始则"二句：指王僧辩父子能"全"大"节"，而不免"枉"死。《梁书·王僧辩传》载，僧辩先是反对北齐立贞阳侯萧渊明为帝，后又送贞阳侯入建康(今江苏南京)即位,改元天成。陈霸先恶僧辩翻覆,袭建康,杀僧辩及其子颁(wěi)。全节:指全鸠里,在今河南灵宝市西北。汉征和二年(前91年),武帝发兵击戾太子,太子兵败逃亡,自杀于全鸠里。事见《汉书·武五子传》。枉人:枉人山,在今河南浚县东北。殷纣杀比干于此。事见《史记·殷本纪》。 ⑱"南阳"四句:伤王僧辩功成被诛。南阳:旧注引《吴越春秋》载,越大夫文种辅佐越王勾践灭吴后,越王竟赐剑命其自杀,文种得剑叹道:"南阳之宰,而为越王之擒。后百世之末,忠臣必以吾为喻矣。"遂伏剑死。这和"校书"似不合,疑别有典故。上蔡:《史记·李斯传》载,秦始皇死后,李斯(上蔡人,今河南上蔡西南)与赵高立胡亥为二世皇帝,后赵高诬告,李斯父子被腰斩于咸阳市,临刑前,李斯对儿子说:"吾欲与若(你)复牵黄犬出上蔡国东门逐狡兔,岂可得乎!" ⑲"镇北"二句:指邵陵王萧纶骄矜自负。萧纶曾为扬州刺史,扬州在江北,故称"镇北"。一说为"镇东"之误,纶曾为镇东将军。负誉矜前:太清二年(548年),萧纶加征讨大都督,率步骑三万,自京出发讨侯景,直逼钟山,初战大捷。但第二天再战,则败走京口。失败后仍以前功自夸,即所谓"负誉矜前"。风飙:风标,风度。 ⑳"水神"二句:指山川神灵不庇护萧纶。上句用《史记·秦始皇本纪》所载事,始皇梦与海神战,占梦者说水神不可见,当以大鱼为候,于是始皇用连弩射大鱼。下句也用秦始皇事,始皇要过海看日出,有神人驱石下海搭为桥,石皆流血,见《三齐略记》。 ㉑"是以"四句:伤萧纶及其子萧坚、萧确之死。蛰熊伤马:《隋书·五行志》载,邵陵王纶率兵至钟山,有藏伏的熊咬伤他的马。浮蛟没船:《南史·梁武帝诸子传》载,萧纶率众讨侯景,舟行江中,有物荡舟将倾覆,又有风起,人马溺死者十分之

哀江南赋并序

一二。这两句都是说萧纶的失败事先已有凶兆。才子:有才能的人,这里指萧纶。《左传》文公十八年:"昔高阳氏有才子八人。"梁武帝也有八子,包括昭明太子萧统、简文帝萧纲、元帝萧绎及邵陵王萧纶等。并命:一同去死。这里指萧纶父子之死。《晋书·卞壶传》:"苏峻造逆,壶父子并命。"按,大宝元年(550年),湘东王萧绎忌萧纶,遣王僧辩攻郢州,纶逃屯齐昌(今湖北蕲春西南),侯景将任约袭纶,纶败走汝南(今湖北武汉市南),西魏军陷汝南,杀纶。纶长子萧坚,封汝南侯,侯景陷城,遇害。次子萧确,封永安侯,钟山之战,英勇无敌,后欲暗杀侯景,反被害。事见《南史·梁武帝诸子传》。

㉒㉒"中宗"二句:指梁元帝平侯景之乱。晋琅邪王司马睿在建康即位中兴,号元帝,史称东晋。干宝《晋纪·总论》:"淳耀之烈未渝,故大命重集于中宗元皇帝。"这里以梁元帝比晋元帝,故称"中宗"。

㉒㉓"去代"二句:指梁元帝初封湘东王,大宝二年(551年)简文帝死,次年始在江陵即位。代邸:代王府邸。《史记·孝文帝本纪》载,文帝始封代王,诸吕作乱,大臣共诛之,迎代王至长安,先居代邸,后入宫即皇帝位。唐郊:唐侯郊庙。《史记·五帝本纪》载,帝喾之兄挚登帝位,封异母弟放勋为唐侯,九年后放勋受挚禅为帝,即唐尧。梁元帝与简文帝也是异母兄弟,兄终弟及,所以这里以汉文帝、唐尧喻梁元帝。 ㉒㉔"反旧"二句:指梁元帝试图恢复梁朝传统。司隶:《后汉书·光武帝纪》载,刘玄推翻王莽政权后,以族弟刘秀为司隶校尉(掌纠察京师百官及所辖畿辅地区),赴洛阳整修官府,设置僚属,发布文书,察举非法,一如旧章。正始:三国魏齐王曹芳年号(240—248),当时士大夫崇尚玄学清谈,后世称之为"正始之音"。《世说新语·赏誉篇》载,大将军王敦镇守豫章,卫玠避乱来投,相见欣然,谈

话弥日,敦叹道:"不意永嘉(晋怀帝年号,307—312)之中,复闻正始之音。" ㉕"沉猜"二句:指梁元帝猜忌自负。《南史·梁本纪》载,梁元帝"性好矫饰,多猜忌,于名无所假人,微有胜己者,必加毁害"。又《隋书·五行志》载,梁元帝平侯景,破萧纪,有骄矜之色,性又沉猜,因此臣下离心。 ㉖"天下"二句:指梁元帝势将沉沦,众叛亲离。 ㉗"既而"二句:指与北齐屡有战争,复受到西魏进逼。 ㉘"况背"二句:指梁元帝都江陵而不都建康为失策。背关怀楚:项羽入关后,怀念楚地,不在关中建都,反而东归都彭城(今江苏徐州),自号西楚霸王,终于导致失败。《史记·项羽本纪》赞曰:"及羽背关怀楚,放逐义帝而自立,怨王侯叛己,难矣。"端委:"端"指赤黑色(玄端)的礼服,"委"指委貌的礼帽,都是端正的朝服,这里借指行礼。《史记·周本纪》载,古公欲传位给季历,以便再传给季历的儿子昌,季历之兄太伯、虞仲主动让位给季历,出奔到吴地另创业基。"端委"即行让位礼。 ㉙"驱绿"二句:指梁武陵王萧纪自巴蜀东下,梁武帝遣陆法和拒敌,并从狱中起用侯景部将任约、谢答仁助法和。"绿林散卒"本指西汉末绿林义军,这里喻任约等;"骊山叛徒"本指秦末英布率骊山刑徒起事归项羽,封九江王,这里喻萧纪僭号于蜀。 ㉚"营军"二句:指梁元帝派兵筑垒阻萧纪。梁溠(zhà):在溠河(在今湖北随州西北)上架桥。这里也是用典,《左传》庄公四年,楚武王伐随,"除道梁溠,营军临随"。蒐乘:阅兵。乘(shèng):古战车一车四马为乘。巴渝:本指今四川、重庆一带的《巴渝舞》,这里泛指骁勇的军队。《汉书·礼乐志》颜师古注:"巴,巴人。渝,渝人。当高祖初为汉王,得巴渝人,并矫捷善斗,与之定三秦灭楚,因存其武乐也。" ㉛"问诸"二句:指梁武帝为拒萧纪,乞灵于鬼神。淫昏

哀江南赋并序

之鬼:邪恶昏乱的鬼神。《左传》僖公十九年载,宋襄公杀鄫国之君来祭土地神,子鱼说他侵害别国国君以祭祀淫昏之鬼,必不能成其霸业。厌劾之符:符咒。《献帝起居注》(《三国志》裴注引)载,李傕性喜鬼之术,常用道人、女巫下神祠祭,"符劾厌胜(以符咒制胜)之具,无所不为"。按,承圣二年(553年),梁元帝听说萧纪东下,命方士在板上画纪像,亲自钉其肢体以厌之。见《资治通鉴》。　㉜"荆门"二句:上句指萧纪在荆门(今湖北宜都市西北)被梁游击将军樊猛擒杀。廪延:今河南延津。《左传》隐公元年载,郑庄公弟共叔段(太叔)把势力扩展到廪延,将袭庄公,终被庄公打败。下句指邵陵王萧纶在夏口(今湖北武汉市汉口区)承制,被王僧辩进逼,最后死在西魏之手。逵泉:今山东曲阜东南。《左传》庄公三十二年载,鲁庄公病危,叔牙欲立庆父为继承人,季友欲奉子般为继承人,季友让人把毒酒给其兄叔牙喝,叔牙喝酒后死于逵泉这个地方。　㉝"蔑因"二句:指梁元帝萧纪、萧纶兄弟相争。蔑:无,没有。教爱:《孝经·圣治》:"圣人因严以教敬,因亲以教爱。"弯弧:弯弓相向。《孟子·告子》:"其兄关弓(弯弓)以射之,则已垂涕泣而道之。"　㉞"既无"二句:指梁元帝安恋江陵,不接受王褒等人迁都建康的提议。肉食:指高官厚禄者。《左传》庄公十年:"肉食者鄙,未能远谋。"意思是吃肉的人鄙陋不通,不能作长远考虑。《论都》:《后汉书·杜笃传》载,杜笃认为关中比洛阳好,上《论都赋》,劝光武帝都长安。㉟"未深"二句:指梁元帝不懂得如何治国。五难:《左传》昭公十三年载,取国有五难,一是有了显贵的身份而没有贤人,二是有了贤人而没有人内应,三是有了人内应而没有谋略,四是有了谋略而没有百姓,五是有了百姓而没有德行。二端:文武。梁元帝自己常说:

"我韬于文士,愧于武夫。"(见《南史·梁本纪》) ㉃"登阳"二句:指江陵形势危险。阳城:指阳城山,在今河南登封市东北。《左传》昭公四年:"阳城,九州之险也。"砥柱:指砥柱山,在今河南陕县东北黄河中。《尸子》(晏殊《类要》卷三十二引):"比干谏纣:今日之危,无异登阳城而避险,卧砥柱而求安。" ㉛"既言"二句:指梁元帝猜忌残忍。 ㉜"但坐"二句:上句指侯景反时,萧绎按兵不动,坐观时变;下句指在简文帝死后出兵,也不是为了救兄弟急难,而是想扩张自己的势力。 ㉝"地惟"二句:指梁元帝所辖疆域十分狭小。 ㉞"其怨"二句:指梁元帝树敌背盟,招致西魏来攻江陵。黩(dú):轻慢,不敬。寒:冻结。按,承圣二年(553年),西魏将杨忠进逼江陵,梁元帝送子萧方略为质以求和,并与杨忠盟约,魏以石城为封,梁以安陆为界。承圣三年,魏使者宇文仁恕至江陵,梁元帝请求按旧版图重定疆境,言辞颇不逊,西魏遂南侵。 ㉟"岂冤"二句:指梁元帝与西魏结怨,未免自不量力。冤禽:即精卫鸟,传说是炎帝的小女儿,游于东海而淹死,化为冤禽,常衔西山的木石,以填东海。见《山海经·北山经》。愚叟:即北山愚公,因太山、王屋二山阻碍出入,想把山铲平,有人笑他,他说:"虽我之死,有子存焉。子又生子,孙又生子,子又有子,子又有孙,子子孙孙,无穷匮也,而山不加增,何苦而不平!"见《列子·汤问篇》。 ㊵"况以"四句:这是说灾异现象不断出现,预示着梁运将终。沴(lì)气:灾气。《隋书·五行志》载,承圣三年(554年)六月,有黑气如龙,出现于殿内。妖精:妖星。《南史·梁本纪》载,承圣三年十一月庚子夜,有流星坠城内。赤乌:一作"赤鸟"。《左传》哀公六年:"有云如众赤鸟,夹日以飞三日。"围轸(zhěn):围聚于轸宿。楚地是轸宿、翼宿的分野。《春秋文耀钩》:"苍云如霓,围轸七蟠,中有荷斧之人,向轸而蹲。" ㉓"亡吴"二句:这是说梁朝亡国的时刻已到来。亡吴之岁:《左传》昭公三十二年载,这年夏天,吴国进攻越国,史墨说:"越国得到岁星而吴国攻打它,必然受到岁星降下的灾祸。恐怕不到四十年,越国就要占领吴国吧。"三十七年后,越果然灭吴。入郢之年:《左传》昭公三十一年载,赵简子梦见童子裸而歌,史墨占卜说:"六年以后这个月,吴国大约要进入郢都吧。"后来果如其言。 ㉔"周含"二句:上句指萧詧与梁元帝结衅,下句指西魏来攻江陵。按,梁元帝曾攻灭河东王萧誉,誉弟萧詧因此而与梁元帝结怨,附庸于西魏,西魏来攻江陵,詧自襄阳出兵会合。见《周书·萧詧传》。这里以春秋时周、郑交恶,楚、秦绝和为喻,周比萧詧,郑比梁元帝,楚比江陵,秦比西魏。 ㉕"有南"二句:喻梁朝兵弱必败,事情无可挽回。南风不竞:《左传》襄公十八年载,晋人听说楚已发兵,师旷说:没有妨害,我屡歌唱北方的曲调,"又歌南风(南方的曲调),南风不竞(不强),多死声,楚必无功"。这里实际上是用"楚必无功"之说,喻梁势弱必败。西邻责言:《左传》僖公十五年载,秦伐晋,战于韩原,秦俘虏晋侯。在此以前,史苏曾预测:"西邻责言,不可偿(补偿)也。"这里以"西邻"喻西魏。 ㉖"俄而"二句:喻西魏兵马强盛。梯冲:云梯、冲车等攻城装备。冀:冀州,泛指北方。 ㉗"栈秦"二句:喻西魏军声势之大。栈(jiàn):栈轸,车箱较浅的车。畅毂(gǔ):长毂,长轴较长的车。雷门:会稽(今浙江绍兴)城门。传说门上有大鼓,越人击此鼓,声闻洛阳。 ㉘"下陈"二句:喻西魏军出奇制胜。陈仓:今陕西宝鸡市东。《三国志·蜀书·诸葛亮传》载,建兴六年(228年)冬,亮复出散关,围陈仓。亮长于巧思,改进弓弩,一弩十矢连发。临晋:临晋关,一名蒲津关,在今

庾信集

陕西大荔县朝邑镇黄河上。《史记·淮阴侯列传》载,韩信击魏,伴陈船欲渡临晋,而伏兵从夏阳袭安邑,虏魏王豹。　�249"虽复"四句:这里说梁朝虽有地利,但士气不振,无御敌之力。三户:喻楚人有奋发之心。《史记·项羽本纪》:"楚虽三户,亡秦必楚也。"意思是楚国的昭、屈、景三姓贵族有决心打败秦国。又一说"三户"为地名,叫漳水津,在邺西三十里,意思是灭秦的勇士必出于此地。丽:附丽,引申为射中。六麋(mí):《左传》宣公十二年载,晋国魏锜到楚军中请战返回,楚国的潘党追赶他,到达荥泽,魏见到六只麋鹿,射死一只,对潘说:"你军务在身,恐怕吃不到新鲜兽肉,这只就献给你吧。"潘于是不再追赶。九虎:《后汉书·冯衍传》载,光武帝"歃血昆阳,长驱武关,破百万之阵,摧九虎(王莽拜九人为将军,都用虎作名号)之军,雷震四海,席卷天下"。　�250"辞洞"二句:喻梁朝军队四散奔溃。两句皆用《楚辞·九歌》所载事,一见《湘夫人》"洞庭波兮木叶下",一见《湘君》"望涔阳兮极浦"(涔阳浦在今湖南涔水北岸)。　�251"炽火"二句:喻梁元帝兵败被俘。焚旗:《左传》僖公十五年载,秦、晋韩原之战,晋侯被俘,史苏当初曾预测晋败秦胜,"车脱其輹(车箱与车轴相钩连的方木),火焚其旗,不利行师"。贞风:《易》称《蛊》卦的卦象是"山下有风",内卦是风,外卦是山。"贞"即内卦,《左传》僖公十五年载,秦伐晋在秋天,卜徒父占筮得《蛊》卦,认为可以三败晋师,俘晋君,因为《蛊》的内卦是风,外卦是山,时令在秋天,我们的风吹过他们的山,树上的果实必被吹落,故可得胜。　�252"乃使"二句:指梁元帝无奈出降。玉轴:指典籍。六朝书籍为卷轴式。龙文:指剑。梁元帝出降前,聚书十余万卷,毁于一炬;出降时,乘白马,素衣,出东门,抽剑砍断门柱,叹道:"读书万卷,尚有今日!"见《南史·梁本

哀江南赋并序

纪》。㉝"下江"二句：指梁朝边防空虚，魏军势如破竹。下江：长江下游湖北、安徽、江苏等省，这里指江陵以下。长林：今湖北荆门。按，下江、长林在当时属永宁郡，北接襄阳。萧詧坐镇襄阳，与梁元帝为敌，永宁郡应当是防守要地，衡州刺史王琳曾请求镇永宁御敌，事未果（见《南史·王琳传》）。承圣三年，西魏来攻，先下襄阳，继取永宁，直驱江陵。元帝急召王琳驰援，而此时王琳已遭忌远放岭南，等到王琳兵到长沙，江陵已陷。㉞"徒思"二句：这是说江陵虽可守御一时，但城中无克敌制胜的将帅。《南史·梁本纪》载，西魏攻城，谢答仁请求护送元帝突围，元帝问王褒是否可行，褒说："谢答仁是侯景余党，怎么能够信任！与其成全谢的功勋，不如出降。"拑(qián)马之秣：用木棍衔住马嘴，不喂草料。《公羊传》宣公十五年："围者拑马而秣之，使肥者应客。"意思是说被围困在城中，为节省粮秣少喂马，只把肥马亮给敌人看，以示城中粮秣充足，可以固守。烧牛之兵：《史记·田单传》载，燕攻齐，围即墨，齐将田单取牛千头，身披彩衣，角束利刀，尾巴上捆上浇过油的苇草，然后点燃牛尾，牛突奔出城，兵士随后，大败燕军。㉟"章曼"二句：指梁元帝拒谏饰非，文武百官离心。章曼枝：即赤章曼枝，仇犹国大臣。《韩非子·说林》载，晋国智伯伐仇犹国，因道险难通，就铸大钟赠仇犹，要迎接大钟必先修通道路，赤章曼枝谏阻不听，于是"断毂而驱（乘短毂之车疾驰）至于齐"，不久仇犹就亡国了。宫之奇：《左传》僖公五年载，晋国向虞国借道去伐虢(guó)国，宫之奇劝阻虞公，说虢和虞辅车相依，唇亡齿寒，但虞公不听，宫之奇带领他的族人出走，认为不久虞会亡国，后来晋灭虢，返回时灭虞。㊱"河无"二句：喻梁朝诸臣纷纷离去。上句用《后汉书·光武帝纪》所载事：刘秀受到王郎兵追击,至滹沱河,有人报告无船可渡,又命王霸前去查看,王霸怕众人惊恐,诡称冰坚可渡,当时天寒,到河边正好冰合,但未过完数骑而冰解。下句用《史记·孟尝君传》所载事:齐孟尝君自秦逃出,夜半至函谷关,按照关法鸡叫时才开关门,门客中有人学鸡叫,众鸡都跟着叫,于是出关而去。 ㉕⑦"忠臣"二句:指梁朝有识之士报国无门。解骨:粉身碎骨。《国语·越语》:"圣人不出,忠臣解骨。"吞声:饮恨无言。《尸子》(晏殊《类要》卷九引):"小人在上,则忠诈不分,君子吞声。" ㉕⑧"章华"二句:指西魏入江陵后大肆捕杀。章华:楚灵王所建的王宫,在今湖北监利县西北。望祭:祭祀本国山川。云梦:指今湖北南部一带。《史记·高祖本纪》载,有人报告楚王韩信谋反,汉高祖刘邦用陈平的计策,伪称作云梦之游,会诸侯于陈(今河南淮阳),诱捕韩信。 ㉕⑨"荒谷"二句:指梁朝官员惨遭屠戮拘禁。荒谷:楚地名。莫敖:楚官名,指屈瑕。冶父:楚地名。《左传》桓公十三年载,楚国的屈瑕攻打罗国,罗国和卢戎两面夹击,楚军大败,屈瑕吊死在荒谷,其他将领自己囚禁在冶父听候处罚。 ㉖⓪"硎谷"二句:指梁朝官民备受摧残。硎(kēng)谷:深坑狭谷,指秦始皇坑儒处。秦始皇命人在骊山硎谷中种瓜,瓜熟之后,召博士诸生前往观看,预先设下埋伏,将儒生全部埋压而死。见《艺文类聚》引《古文奇字》。折拉:用范睢事。范睢受须贾诬陷,遭魏相鞭笞,肋骨被打折,牙齿被拉脱。见《史记·范睢传》。鹯(zhān):猛禽。攒(fèi):打倒。 ㉖①"冤霜"二句:指梁朝百姓无辜遭受苦难,天地同悲。上句用《淮南子》所载事:邹衍忠于燕惠王,惠王信谗捕邹衍下狱,衍仰天而哭,正当夏季而天为降霜。下句用《后汉书·耿恭传》所载事:耿恭屯兵疏勒,匈奴断其水源,挖井十五丈仍不见水,恭整衣向井拜祷,泉水奔出。按,当时正值秋七月水涸之时,故以秋沸为怪异。 ㉖㉒"城崩"二句:指梁朝劫后余生的悲恸之极。上句用《列女传·贞顺传》所载事:齐大夫杞梁殖战死,其妻抚尸恸哭,莒(今山东莒县)城崩坍。下句用《博物志》所载事:舜南巡死于苍梧山(在今湖南宁远),二妃娥皇、女英泪下沾竹,竹上斑痕累累。 ㉖㉓"水毒"二句:西魏攻陷江陵后,于承圣三年(554年)十二月,"乃选百姓男女数万口,分为奴婢,驱入长安,小弱者皆杀之"(《梁书·元帝纪》)。这里说的就是梁朝百姓被解送长安途中的经历。上句指水险。《左传》襄公十四年载,诸侯随晋侯伐秦,到达泾水驻扎,秦人在上游投放毒物,诸侯的军队死了许多人。下句指山高。赵陉(xíng):战国时赵国的太行山关口。陉即山的中断处,太行八陉,其中井陉(在今河北井陉县西北)为天下九大要塞之一。 ㉖㉔"十里"二句:指路途绵长。亭:设在路旁供旅客停宿的公房。 ㉖㉕"饥随"二句:喻行路之苦。上句用《晋书·郗鉴传》所载事:晋元帝时,郗鉴镇邹山,百姓饥馑,掘野鼠、蛰燕(藏伏避寒的燕)为食。下句用《后汉书·灵帝纪》所载事:少帝刘辨与陈留王刘协被张让等劫持,后得救,夜逐萤光行数里,始获民家车载还宫。 ㉖㉖"秦中"二句:指到达关中。水黑:《尚书·禹贡》:"黑水西河惟雍州。"雍州为古秦地。泥青:指青泥城,在今陕西蓝田。 ㉖㉗"于时"二句:喻江陵劫后破败不堪。泮(pàn):冰化开。 ㉖㉘"浑然"二句:指不分贵贱老幼一并被掳入关。淄渑(shéng):淄水(今山东淄河)、渑水(今山东淄博市临淄区东)味不同,合在一起则难分辨。 ㉖㉙"雪暗"二句:指当时气候严寒。 ㉖㉚"逢赴"二句:庾信在长安见到被俘送而来的梁朝故人。陆机:本三国吴人,吴亡于晋,十年不仕。太康末,与弟陆云同至洛阳,名动一时。《晋书》卷五十四有传。王粲:"建安七子"之一。字仲宣,山阳(今山东邹城市西南)人。十七岁时因战乱避难荆州,依附刘表。《三国志》卷二十一有传。　㉑"莫不"二句:这是说被俘送者因为怀念家乡而痛苦。陇水:魏晋乐府有《陇头歌》,今存歌辞三首:"陇头流水,流离山下。念吾一身,飘然旷野。""朝发欣城,暮宿陇头。寒不能语,舌卷入喉。""陇头流水,鸣声幽咽。遥望秦川,心肝断绝。"这里既实指关中山川,也兼用《陇头》歌意。　㉒"况复"二句:指家人离散,各在一方。交河:今新疆吐鲁番,西汉时西域车师前国治交河,这里代指秦川。青波:今河南新蔡,战国时楚地,这里代指梁朝故国。　㉓"石望"二句:指相见无期。石望夫:传说有女子在武昌(今湖北鄂州市)北山送别丈夫,伫望过久,化为石,人称望夫石。见刘义庆《幽明录》。山望子:中山(今河北定州)有韩夫人愁思台,也称为望子陵,是她思念爱子的地方。见《述异记》(《太平御览》引)。　㉔"才人"二句:指妇女被掠卖远嫁。上句用赵王武臣事,秦末,武王在邯郸自立为赵主,后被燕王韩广俘虏,依靠一个厮养卒(奴仆)的游说才获释放,武臣便把宫中的女官(才人)嫁给厮养卒为妻。见《史记·张耳传》《楚汉春秋》。南齐谢朓有《咏邯郸故才人嫁为厮养卒妇》诗:"生平宫阁里,出入侍丹墀。开筐方罗縠,窥镜比蛾眉。初别意未解,去久日生悲。憔悴不自识,娇羞余故姿。梦中忽仿佛,犹言承宴私。"代郡:今河北蔚县东北。下句用晋清河公主事,晋惠帝女初封清河公主,洛阳之乱,被人掠卖给吴兴钱温,备受虐待。见《晋书·后妃传》。　㉕"栩阳"二句:指当时很多人用诗赋抒写离愁别恨。栩(yǔ)阳亭:《汉书·艺文志》载"《别栩阳赋》五篇",一说栩阳是亭名,一说姓别名栩阳,一说别姓封栩阳亭侯,未知谁是。临江王:《汉书·艺文志》

哀江南赋并序

载"《临江王及愁思节士歌诗》四篇",临江王即刘荣,汉景帝四年(前153年)立为皇太子,四年后废为临江王,又过了三年,以事自杀。见《汉书·景十三王传》《郅都传》。　㉗⁶ "别有"二句:这是说自己出使而被留在北方。武威:西汉治今甘肃民勤县东北,东汉治今武威县。金微:金微山,即今新疆阿尔泰山。这里以武威、金山喻长安。　㉗⁷ "班超"二句:喻思念故国乡关之切。东汉名将班超久镇西域,年老思归,上疏说:"臣不敢望到酒泉郡,但愿生入玉门关。"见《后汉书·班超传》。护羌校尉温序是太原(今属山西)人,被葬于洛阳(今属河南),托梦给他儿子说:"久客思乡里。"于是迁返太原旧茔。见《后汉书·独行传》。　㉗⁸ "李陵"二句:指欲归不能。李陵于汉武帝时率兵击匈奴,战败投降,留而不返。《艺文类聚》卷二十九引李陵《赠苏武别诗》,其中说"尔行西南游,我独东北翔","双凫相背飞,相远日已长"。苏武于汉武帝时出使匈奴,被扣留十九年,汉朝后来得到消息,匈奴不得不把他放回。见《汉书·李广苏建传》。《艺文类聚》卷二十九引苏武《别李陵诗》,其中说:"双凫俱北飞,一凫独南翔。子当留斯馆,我当归故乡。"按,《周书·庾信传》称陈与北周通好,不少流寓在北方的萧梁文士都陆续回归旧国,唯独庾信、王褒不被遣返,故此处用苏、李为比。　㉗⁹ "若江"二句:这是说江陵之亡固然标志着梁运中衰,然而这场祸事的根源却可以追溯到金陵时期。根据上下文可以推知,庾信所谓"金陵之祸始"乃指梁武帝接受侯景来降,终于乱倾天下,不可收拾。否(pǐ):闭塞不通畅,指命运、国运。　㉘⁰ "虽借"二句:这是说江陵之亡虽说跟萧詧勾引来西魏军队直接相关,但实际上乱子起于内部,主要是因为梁朝宗室彼此争夺和残杀。萧墙:鲁国国君所用的屏风,"萧"字从"肃",取群臣至此肃然起敬的

庾信集

意思。《论语·季氏篇》:"吾恐季孙之忧,不在颛臾(zhuān yú),而在萧墙之内也。"按,季孙当时把持鲁国政治,和鲁君有矛盾,也知道鲁君要收回主权,他怕鲁国的附庸颛臾乘机帮鲁君,就想先下手攻击颛臾,孔子针对当时情况说了如上的话。这里的萧墙之内喻梁元帝。㉘①"拨乱"二句:指平定侯景之乱而大有中兴希望的梁元帝,竟落得个国亡祀绝的结局。忽焉:快速的样子,指很快走向失败。㉘②"伯兮"二句:指梁元帝及其子元良、方略皆死于萧詧之手。承圣三年(554年)十一月,江陵破。十二月,萧詧遣尚书傅准行刑,准进土囊殒元帝,其子元良、方略皆遇害。见《南史·梁本纪》。《诗·邶风·旄丘》:"伯兮叔兮,何多日也。"伯叔是长幼的通称,这里指元良兄弟。犹子:侄子。萧詧是梁元帝兄昭明太子萧统之子。㉘③"荆山"二句:上句喻梁元帝与萧詧结怨而招致败亡,下句喻萧詧投靠西魏而残害骨肉。荆山:在今湖北西北部。战国时,楚人卞和于荆山得玉璞,即和氏璧。见《韩非子·和氏篇》。又《盐铁论·崇礼篇》:"昆山之旁,以玉璞抵乌鹊。"这里以荆山代昆山,合二事而用之。隋:今湖北随州。春秋时为姬姓诸侯国,传说隋侯曾救治一条受伤的蛇,蛇于江中衔大珠报之,称隋侯珠。见《淮南子·览冥训》高诱注。㉘④"鬼火"二句:这是说战乱之后遍地是死亡将士的游魂和野鬼,哀叹伤亡之多。平林:今湖北随州东北。殇(shāng)魂:无主的鬼魂,这里指战死者。新市:今湖北京山县东北。王莽时,绿林起义军陈牧、廖湛在平林,号"平林兵";王凤、王匡在南阳,号"新市兵",南阳汉宗室刘秀起兵与平林、新市兵会合。见《后汉书·光武帝纪》。㉘⑤"梁故"二句:指出梁朝实际上是亡于西魏。首句用《史记·高祖本纪》:"丰,故梁徙也。"意思是战国时秦伐魏,魏惠王自安

哀江南赋并序

邑(今山西夏县西北)迁都大梁(今河南开封西北),从此魏也称梁。秦王政二十二年(前225年),秦灭魏,魏王假自大梁东迁于丰(今江苏丰县)。次句用《史记·项羽本纪》所载事:"楚虽三户,亡秦必楚。"这里将上面两个典故反说以切时事,"梁故丰徙"指元帝自建业迁都江陵,"楚实秦亡"指西魏(都关中秦地)灭梁(江陵属楚地)。㉘⑥"不有"二句:这是说西魏废掉了梁元帝,而北周取西魏而代之。语本《左传》僖公十年所载事:晋献公死,晋臣里克想立文公为君,先后杀了公子奚齐和公子卓子,但后来周、齐使晋惠公回国即位,惠公要杀里克向周、齐讨好,事先派人指责里克废掉两位公子事,里克说:"不有所废,君何以兴?"这里以里克隐喻西魏废梁元帝及其二子,以晋惠公隐喻北周的兴起。 ㉘⑦"有妫"二句:指陈霸先凭借梁朝而壮大。语本《左传》庄公二十二年所载事:陈国的公子完(敬仲)避祸出奔齐国,齐侯用他为工正,后来公子完的后代田和夺取了齐国政权。公子完出奔前,陈大夫要把女儿嫁给他,占卜的结果是:"凤凰于飞,其鸣锵锵。有妫(guī)之后,将育于姜。"意思是陈本妫姓,齐是姜姓,公子完必在齐立足。这里以有妫之后喻陈霸先,以姜喻梁。 ㉘⑧"输我"二句:指陈代梁。神器:帝位。让王:让帝位于他人而已被封王的人,指梁敬帝。太平二年(557年)十月,陈霸先封陈王,旋代梁为帝,废梁敬帝为江阴王,敬帝死于外邸,时年十六。见《梁书·敬帝纪》。 ㉘⑨"天地"二句:语出《易·系辞下》,意思是天地有生成万物的恩德,圣人最可宝贵的东西是王位。按,以下八句总论萧梁一代兴亡,前四句论梁武帝,后四句论梁元帝。这两句说梁武帝享国最久,上句指武帝一共活了八十六岁,下句指居帝位。㉘⑩"用无"二句:上句指误用侯景,下句指失位丧生,尽弃江东王业。

无赖:奸诈、强横之徒。　㉛"惜天"二句:指梁元帝平侯景之乱,可望中兴,却遭到河东王萧誉的反对,同室操戈,终致灭亡之祸。天下一家:《史记·吴王濞传》载,汉高祖刘邦对吴王濞说:"汉后五十年东南有乱者,岂若(你)邪?然天下同姓为一家也,慎无反!"濞是刘邦兄仲之子,萧誉是元帝兄昭明太子萧统之子,萧誉反于湘州(今湖南长沙),正在江陵的东南。　㉜"以鹑"二句:指岳阳王萧詧(也是昭明太子之子)为救河东王萧誉,乞援于西魏,西魏陷江陵,梁朝灭。鹑首:星次名,江陵之分野为鹑首之次,故借指江陵。汉张衡《西京赋》:"昔者大帝悦秦缪公而觐之,飨以钧天广乐,帝有醉焉,乃为金策,锡用此土,而翦诸鹑首。"这里以鹑首赐秦的故事喻西魏取江陵。
㉝"且夫"二句:这是说天道有轮回,人事也随之变迁。生民:人民。
㉞"余烈"二句:指八世祖庾滔于西晋永嘉时南迁江陵。东川:泛指东汉水。　㉟"洎余"二句:这是说到我这里不过七代,又碰上国难而回到北方。洎(zì):到。　㊱"提挈"二句:指全家羁留在长安。宇文逌《庾信集序》称庾信"携老入关",又庾信《谢赵王赍息丝布启》称"某息(子女)荀娘",《伤心赋》称"一女成人,一长孙孩稚",由此可见其老幼情况。关河:函谷关以西,黄河以北地区,指长安。
㊲"死生"二句:感叹有生离死别的事发生。契阔:离散。《诗·邶风·击鼓》:"死生契阔,与子成说。"　㊳"况复"二句:指亲朋多有死亡。灵光:指灵光殿,汉王延寿《鲁灵光殿赋序》:"自西京未央、建章之殿皆见隳(huī)坏(毁坏),而灵光岿(kuī)然(高大独立的样子)独存。"　㊴"践长"二句:指在长安出入王宫,周旋于权贵之间。长乐:汉长安城有长乐宫。神皋:指京都的土地。宣平:汉长安城东北第一门为宣平门。贵里:权贵居住的里巷。　㊵"渭水"二句:指长安

哀江南赋并序

为形胜之地。天门:天官之门。秦始皇筑咸阳宫,按照天象,在北陵上修殿象征北极天帝住处,引渭水贯穿都城象征天河,在河上架桥象征牵牛星故事。见《三辅黄图》。地市:地下的集市。秦始皇骊山陵墓下作地市,让生死人交易。见《辛氏三秦记》。 ㉛"幕府"二句:指北周达官贵人礼贤下士。《周书·庾信传》:"世宗(周明帝宇文毓)、高祖(周武帝宇文邕)并雅好文学,信特蒙恩礼。至于赵(宇文招)、滕(宇文逌)诸王,周旋款至,有若布衣之交。"大将军:用卫青事。《史记·汲黯传》载,大将军卫青地位很尊贵,仍然很礼貌地对待汲黯。这里以大将军喻明帝、武帝、赵王、滕王,他们曾先后授大将军。平津侯:用公孙弘事。《史记·公孙弘传》载,元朔中,弘为丞相,封平津侯,于是设客馆招纳贤士。这里以平津侯喻北周丞相宇文护,护封晋国公。宇文逌《庾信集序》曾谈到宇文护对庾信十分器重。 ㉜"见钟"二句:指长安繁盛一时。钟鼎:钟鸣鼎食,即列鼎而食,食时击钟奏乐,指富贵人家。金张:汉宣帝时,金日䃅、张安世皆宠贵,家势显赫。这里泛指豪门贵戚。弦歌:有琴瑟伴奏的歌咏。许史:汉宣帝时,外戚许皇后家、史良娣家都是公侯豪族。 ㉝"岂知"二句:庾信自称仍然是梁朝的将军,以示在待遇优厚、富庶强盛的长安,仍然不忘故国。灞陵夜猎:汉骁骑将军李广退居以后, 次夜猎归来,经过灞陵亭(今陕西西安市北),不许通过,报称"是故李将军",灞陵尉说:"今将军尚不得夜行,何乃故也!"见《史记·李将军列传》。这里庾信以李广自喻曾在梁朝任右卫将军,至今仍以此为重。 ㉞"咸阳"二句:这是说身在长安,心向江南的,不止是梁朝的王子王孙们,自己的乡关之思比他们还要强烈。咸阳布衣:用楚顷襄王太子完事。《史记·春申君传》载,太子完被送到秦国作人质,楚顷襄王病,太子不得归,作《思归歌》:"洞庭兮木秋,涔阳兮草衰。去千乘之家国,作咸阳之布衣(老百姓)。"按,留在长安的梁朝王子王孙有简文帝子汝南王大封、晋熙王大圜、武陵王萧纪子圆肃,以及别枝永丰侯㧑,丰城侯萧世怡等。庾信《周大将军义兴公萧公(世怡)墓志铭》"嗟南国之王子,成东陵之故侯"句,可作为"思归王子"的佐证。

翻译

在梁武帝太清二年十月,逆臣侯景篡国,都城金陵土崩瓦解。我于是逃奔江陵,一路上亲眼目睹了国破家亡、生灵涂炭的惨状。后来又由江陵出使西魏,从此有国难归,一去不返。中兴的希望日渐渺茫,终于在承圣三年完全丧失。梁朝官员为元帝之死连声痛哭,我则被长期囚禁在北方的客馆。岁星的运行是周而复始,事情的常理是物极必反,然而梁朝衰弱到了极点却未能复兴。面临当前生死两难的处境,我只好悲叹自己身世不幸;但一想起国家兴亡大节,更止不住感伤流涕。

从前桓谭有志于事业,杜预平生好学,他们都有著述,能够自己叙述著述要旨。潘岳富有文采,最早写诗叙述其家风;陆机擅长辞藻,首先作赋铺陈其祖德。我刚到中年,就遭遇了国家衰败、家破人亡,从此远走他乡,流离失所,一直到现在的晚年时期。正像当年的《燕歌行》中所描写的,在北方的凄苦真让人承受不了;如果遇到江南的父老乡亲,那种悲痛又如何抑制得住。当初为了维护国家不受伤害而出使西魏,现在却在北周代魏之后继续做官。时时想起出使途中的漂泊跋涉之苦,时时感到旅居生活的思乡之愁。歌舞不能使我快乐,酒宴也无法令我解忧。只好追忆往事,写下这篇赋,我不过是记述历史事实,虽然其中也有写自己危苦身世的话,但主要的还是要悲悼国家的衰亡。

在垂老之年,真感到人世间的变故太多。当年一到西魏,江陵随即溃败;如同荆轲易水作别,再不能重返故国。我作为使者受尽欺侮,既没能像蔺相如那样为国家赢得土地,也没能像毛遂那样逼使两国缔结盟约。却像是钟仪,成了南冠之囚;又像是季孙,被扣留在异国。申包胥为寻求救兵,不惜碰破头颅;下蔡威公为国事担忧,哭得泪尽出血。现在我再也别想见到江南柳色,再也别想听到故乡鸟鸣了。

孙策把天下一分为三,才用了不足五百人的队伍;项羽率领的江东子弟兵,也不过只有八千人。他们却能够分割天下,雄据一方。难道说竟然会有梁朝百万军队闻风溃退,被侯景叛军一路砍杀,如同除草伐木一样的事吗?长江、淮河不能成为天然屏障,边关壁垒还不如篱笆坚固。居于上层的人物互相勾结,狼狈为奸;出身下层的势力,乘机举事,扩大地盘。这岂不是证明江南的王者之气,历经三百年,到今天应该结束了吗?由此可见,即使秦始皇并吞了天下,也难免有后来子婴的亡国之灾;即使晋武帝统一了海内,也难免有后来怀、愍二帝的杀身之祸。唉!既然江山崩坏,已注定了危亡的命运,那么朝代更替,必然会产生离开故土的悲剧。这是上天的旨意,也是人世间的常理,足以令人悲戚伤心不已。

何况船行进到河的尽头,又不能乘槎飞上星空;大风阻断道路,又永远无法到达向往的蓬莱仙岛。不得志的人希望通过立言表达志向,忧伤的人则要借歌声倾吐心事。我写这篇《哀江南赋》,陆机听说肯定会拍掌嘲笑,那我也甘心情愿;张衡看到必然认为鄙陋不堪,那也是理所当然的事情。

我的祖先在周朝受命为掌庾大夫,因为世代有功而形成的以官为姓的宗族;在汉朝也因为辅佐朝廷议论政事,成了治理邦国的大官。庾氏先人们禀承了嵩山、华山玉石的灵气,又受到黄河、洛水波澜的滋润。在黄河、洛水一带世代繁衍生息,过着安定逸乐的生活。到了永嘉之世遭逢艰难忧患,中原之主怀、愍二帝相继遇害。人民流离失所,寇盗豺虎横行。这时正赶上三星东聚于牛、女之间,童谣所谓"五马浮渡江"之时。他们(司马氏)南渡长江建立了东晋,我的八世祖也随着晋室迁徙来到江南。他在晋朝被封侯赐田,于是在江陵的宋玉故居、临江王府的旧址上创建了宅第。

宋、齐易代之际,山崩川竭(世多变故),而庾氏一族多能奉行正道,保全名节。训诫子弟强调孝悌淳正,效力王室提倡忠义刚烈。至今新野还有人们为庾会建立的生祠,河南还有羌胡为庾告云书写的碑文。何况庾易那样有才德的隐士,虽然僻处深山,仍然有安车蒲轮前来征聘。有时与帝王畅谈政事,有时闭门著述,庾肩吾就是这样一个生于有德望的家庭、事君忠贞不贰的人。他的文采学问在东宫首屈一指,他的道德风范在江陵也风靡一时。只可惜没有凤鸟为有道君王带来祥瑞,麒麟也出现在不该出现的时候。邪恶小人侯景发生叛乱之后,他终于受到了排斥和迫害。

我在周灵王太子晋漫游河洛的年龄,应试获甲等而成为梁东宫讲读。初时任尚书度支郎中,接着高升为东宫领直。出入于太子的讲席,在宫廷宴会上还受到按长幼次序入座的优待。我以蠡测海,以管窥天,其实才识很浅薄。有时和太子一起优游玄圃,但见湖池明净,水天相接,游鱼嬉乐,尾随环转。有时在军帐中讲论用兵韬略,有时在席间聆听琴瑟雅乐。经常往来于宫廷,参加赛文比武的盛会。我还作为主将,在东宫中执掌兵权。又曾同湘东王讨论水战而受到称赞,到东魏进行外交回访而赢得声誉。

这时的梁朝上下,一片欢乐景象,池苑楼台相接,钟鼓之声相闻。里巷多官宦豪族,家家有文学才士。在海陵新建了庞大的建兴苑,把围护秦淮河堤岸也重修到长江边。国家的东门远在秦始皇鞭石筑桥的地方,南门则到达马援立铜柱为界的象林一带。家家有橘树万株,户户有翠竹千竿。西方邻国纳贡入水不沉的宝玉,南方友邦献上入水即没的羽毛。吴越荆楚,歌舞升平。百姓如草木逢春,安居乐业如鱼龙得水。将近五十年当中,江南平安无事。有王歙这样的和亲使者南北通好,也有班超这样的安边将才保卫国土。使得马武之流不必谈论兵事,冯唐等人毋须再为将帅人选操心。

谁料到明丽的山岳隐藏着昏暗，平静的江湖有沸腾的潜流。民间可能会有陈胜、吴广揭竿起事，外族可能会有刘渊建国称王。而这时的梁朝天子却正在醉心诗书，修定礼乐，在重云殿讲说经义，开士林馆设置学士。又侈谈佛教劫烧之说，辨析佛祖降生之义。鱼齿山一带防务松弛，已有的城垣壁垒毁坏殆尽。军队刀枪入库，马放南山，毫无戒备。当政者把可能发生的战乱看成儿戏，士大夫把无根的空谈称为军国大计。这情景就像乘坐在即将溶解于水中的胶船上，又像是用腐朽的绳索驾驭着狂奔的烈马。老百姓势必要陷身于水深火热之中，朝廷上下也难逃化猿化鹤之灾。正如一片破竹席不可能滤尽盐池的咸味，一块驴皮胶也不可能澄清黄河的混浊一样。在这种情况下王室必然危急，乱兵必临城下。鸥鸟在殿堂上狎戏，野鸡在宫庭中飞鸣。宝剑离开了本国，大船失落于他人。当年伊川的披发野祭预示着戎人的到来，现在的侯景来降也酝酿了梁朝的一场危机。

那个奸诈的叛逆正是炙手可热的时候，长期以来的反复无常，不守正道。如长鲸大鲵吞食弱小，如凶枭恶獍暴戾成性。依仗着吃牛羊生长的气力，放纵那逐水草而迁居的习俗。这一切既不能像四季气温那样可以调和，又岂能像璇玑测天那样可以校正！此时正当梁朝一无作为的时期，竟还想以招降纳叛作为笼络北方之计。与侯景共饮结盟血酒，欣赏他送来的媾和礼物。庆幸自己在大夏见到了蜀地出产的邛竹杖，在国内见到了条枝奇鸟的

哀江南赋并序

巨卵。而侯景却在背后磨牙砺爪，暗中喷射着毒液，蓄谋问鼎梁朝，取而代之。

开始时是临贺郡王萧正德勾结侯景，这样的奸臣却被任用为御敌的将军。接着是萧正德被侯景推为天子又被贬疏远，于是他向鄱阳王萧契请兵而事泄被杀。侯景就像是逃避廷尉治罪的苏峻，又像是盘踞淮南的诸葛诞，正蓄意准备谋反。这时的梁朝也出现了种种预示着战祸到来的征兆，苍鹅飞出狄泉，横江放出了困兽，地上的石鼓发生震动，天上的金星进入昴宿，京城龙蛇厮杀，东陵麒麟相斗。此后便是凶暴狡诈的侯景攻打城门，都门内外横遭侵凌。他把外族的地盘圈到了梁朝都城，用江南之地来填充北方的沟壑。到处都是穿青袍骑白马的侯景士兵，看上去就像是大片的青草和白绢。梁武帝从太清三年正月起已不能视朝，侯景则在包围台城之余高歌饮宴。王宫前巍峨的双阙受到刀戟的创伤，千门万户遭受冷箭射击。白虹横穿过太阳，苍鹰在宫殿上空盘旋。梁武帝居然遭受到夏台之祸，终于在尧城之变中被监禁。群臣不敢前去慰问，诸王也缺乏救援的决心。和当年陶侃助饷攻苏峻、顾荣挥扇击陈敏相反，梁朝的援军竟然畏敌不前。

援军在溃退中死伤惨重，通往台城的路仍被侯景的包围圈所阻断。城中点燃烽火、放起风筝要求救兵，但都一次次遭到失败。在这种形势下援军号令不一，四分五裂，偃旗息鼓，兵无斗志。夜里可以听到失群的战马在悲鸣，白天可以看到失控的战车留下的杂乱辙印。即使是猛将也只知道闭城自守，谋士们则提不出任何克敌制胜的对策。最后如同昆阳之战中的王莽军队一般，四处溃逃，阵脚大乱。人民则因为这场战祸，家破人亡，父子离散。

护军将军韦粲慷慨忠勇，用战死疆场的行为表明了他的气节，他父祖三代都是梁朝的将军，韦氏一门从此灭绝。济阳的江子一笃诚豪壮，虽说职位卑下，但兄弟三人，能够一起奔赴国难。君王受辱之时，正是臣子赴死之日，他们人虽死了，声名却长存后世。敌方都敬佩得要把他们的尸首送回来，三军上下无不为他们而悲泣。都官尚书羊侃足智多谋，尤其善于守城，既能用火炬摧毁敌方攻城的云梯，又能掘地道破坏敌方修筑的制高点。他已经建立了齐国田单那样坚守的功业，却不幸像后燕慕容垂那样军中卧病，救国大业由此告终，人们无不为国家失去这样的人才叹息。柳仲礼奋发有为，叱咤风云，身为援军主帅，作战身先士卒。在战斗中多少次被砍下头盔，被打落武器，多少次被刺穿腹脏，被伤及骨髓。可惜他的功业因为投降而半途夭折，一世英名随之湮没无闻。

有时侯景狐假虎威，真真假假来攻城。他们的刀箭上沾满了梁朝士兵的鲜血，战场堆满了士兵们的尸体。我弱敌强，势孤力单，台城里的士气十分低落。风声鹤唳，胆战心惊；夜听胡笳，无心再战。神亭一战，太史慈丢掉了手中的武器；横江偷袭，孙策受伤放弃了战马。像章邯大败于钜鹿，像赵括战死于长平，台城的陷落使梁朝遭到毁灭性打击。

于是孙吴的桂林苑颠覆了，汉朝的长洲苑破坏了。百川沸

哀江南赋并序

腾,宇宙昏暗。天崩地裂,人神共遭劫难。梁宗室诸王好像春秋时的晋、郑、鲁、卫诸国,彼此不和,无一可以依赖。天关星竞相闪动,象征着兵事尚未了结;地轴急剧旋转,人间仍然动荡不安。被逼迫的梁武帝在宫中忧饿交加,想推迟死期都不可能,那情景就像当年的赵武灵王不得不掏幼鸟为食,楚成王不得不请求吃过熊掌再去死一样。接着梁武帝被草草埋葬,梁简文帝也紧接着被幽禁杀害,重演了齐庄公车侧郭门、齐渭王筋悬庙屋的悲剧。预示金陵陷落的征兆不幸而变成了现实,我只能出奔江陵去痛哭一场了。

于是我凭借正式文书闯过一道道关防,伪称奉命出使以应付沿途的盘诘。中间遇到过军队的非难和怀疑,也遇到过关卡的检查和征税。既不能像公孙龙那样靠了"白马非马"的理论蒙混过关,也不能像骑青骡的神仙李少君那样畅行无阻。随后改乘一叶小舟,沿江乘风而上。又碰上张牙舞爪的侯景水军,溯流向西开进。青龙战舰排列成阵,飞燕楼船,往来攻击。幸有张辽来到赤壁(王僧辩屯军巴陵),王濬东下巴丘(胡僧祐支援巴陵)。侯景想趁势发动火攻,因风向不利只好败退。梁军活捉丁和并送到江陵生钉其舌,使他像黄盖在厕中那样难以出声;又把躲藏到湖水中的任约一并抓获,如同当年首先救捞落水的杜畿一样。为着逃避战火,我的船停靠过黄鹤浦,也藏匿过鹦鹉洲。已经走出了湘水、汉水流域,还不时回头遥看东方金陵上空的斗牛二星。

回想一路上的经历,本来直奔钓台,却在阴陵迷失了方向。

见到赤壁而想起三国时的一场大战,不由得泪下沾衣;船靠乌江又想起项羽的自刎,更让人不忍离去。眼前的一切都经受了侯景之乱的破坏,雷池一带修筑着栅寨堡垒,鹊陵附近烧毁了营房关口。旅店荒无人烟,连鸟儿栖身的树木都被砍烧光了。荆州、衡山盛产杞木梓树,也许在长江、汉水之间还可以重新产生复兴的希望。我从淮海边的金陵到达江陵,行程三千余里。这中间曾像韩信向人乞食,也曾像伍子胥求人摆渡。经过了大大小小的湖泊,无数次濒临于死亡的境地。我为国家的不安定而叹息,为眼前的祸患而忧虑。我本来不懂得如何处世,也无意追求仕宦。但到了江陵又被用为御史中丞,不久转为右卫将军。

我生来和司马迁相似,在和父亲诀别时,也听到了以孝立身的教训,接受了继承先辈事业的遗嘱。我家上数三代的德行功业无愧于前贤,只是传了七代以后到我身上才开始衰落。曾子在雨雪中思念父母而作《梁山操》,孝子见到枯鱼衔索而想到好好赡养父母,我在这个时候,也特别怀念我的双亲。我不愿意走上倾斜的小路,宁肯让荒草野树遮挡住门户。要么会像屈原那样只能到水边去采香草,要么会像诸葛恪那样苇席裹尸而亡。

这时梁元帝调兵遣将,运筹帷幄,决心东讨侯景。各色战船扬帆起航,征讨大军会师盟誓,上有五色祥云,旁有黄龙护绕。船队乘风破浪,出师大利,兵车直抵石头城下,战船深入秦淮河中。各路兵马先后到达,合兵一处。一举攻破侯景巢穴,侯景狼狈逃窜,终于被擒获斩首,陈尸于市。侯景的头送到江陵,人们恨不得焚烧其尸体,把他的头颅制为酒器。白虹贯日预示着一场血战,流星坠地象征着侯景的灭亡。但是当年虎踞龙盘、黄旗紫盖的金陵形胜之地,竟然随处可见狐兔的窟穴,在兵乱过后陷于凋残的绝境。

西看博望苑,北到玄圃园。水榭弄月,高台迎风,曲池平静,古木森森。有谁料到宫苑会遭受兵乱,玉女窗下摆着弓箭,凤凰楼前拴着战马。悬挂在殿上的仁寿镜也没能保护梁武帝的平安,随葬在茂陵中的书籍也依然会流散。至于说到希望树立德行言论,英明恭谨,文辞艳发,善谈玄理的简文帝,他更是不幸。做太子时没遇上浮丘公而成神仙,即帝位后不出三年就应验了太子晋对师旷的预言。危难之际他把爱子托付给了湘东王,谁知爱子后来死在北朝都无法看一眼父亲的墓田。简文帝不是没有卫兵,不是没有仪仗,却都不能对敌作战,反而被侯景用来发难。

司徒王僧辩善于处理国家内外大事,正像狐偃那样尽心效力于王室。他先挥戈南下讨平河东王萧誉,又一鼓作气向贼臣侯景出击。他的汗马功劳比杜预灭吴还要大,王室对他的依赖比晋朝离不开温峤还要深。可惜先是戾太子死于全鸠里,接着是比干葬身柱人山,僧辩父子也先后全节柱死。当年越大夫文种慨叹功成被杀,距今自然很久远了,但如能明白李斯临刑前所说的话,不也为时不晚吗?镇守一方的邵陵王萧纶骄矜自负,威风凛凛。但他得罪了水神和山灵,所以披甲上阵时有潜藏的熊咬伤他的马,挥师渡江时又有蛟龙撞翻他的船,以致父子数人都不能终享天年。

梁元帝平定侯景之乱，报冤雪耻，开启中兴之局。由湘东王继承梁朝基业，按续其兄简文帝而即帝位。本想各方面都恢复先帝典制，使世风也回归到太平盛世。但他生性猜忌，为所欲为，藏污纳垢，妄自骄矜。这就使得国势没落，众叛亲离。在和北齐绝交以后，又受到西魏的种种威逼。何况建都江陵等于是项羽在彭城称霸，而无法与太伯让贤到吴地另创大业相比。再说借助侯景的残部，去对付武陵王萧纪。修桥筑垒，检阅军队。求神问卜，乞灵于符咒。这一切都不过是为了在荆门消灭萧纪，在夏口逼死萧纶。并没有因为是宗亲而互相敬爱，反倒不顾手足和乐而刀枪相见。他既然不接受大臣们迁都建康的提议，人们也就不敢再谈论迁都的好处。他自己对治理国家的艰难缺乏深思熟虑，却常常自诩他的才能文武双全。这种局面无异于在阳城险峰上躲避危险，在砥柱激流中寻求安全。他的言论既然多出于刻薄，他的行为实际上也注重于刑杀。侯景之乱发生时他只是坐观时变，后来他的出兵也不是为了解救兄弟急难。梁朝的地盘只有黑痣一般大，城池只有弹丸一样小。但因为他的傲慢而与邻国结怨，因为他的不自量力而与他国中止盟约。他难道就不懂得精卫鸟是填不平大海，愚公是移不走大山的么！

况且早晨有灾气浮游，夜晚有妖星坠落。血红的云朵像乌鸦般环绕太阳飞了三天之久，灰白的雾气围聚于轸宿达七层之多。吴国注定灭亡的这一年已经临近，郢都应该陷落的日期也已经到来。周王乘机发泄对郑国的怒气，楚国不自量力而与秦国结仇。

哀江南赋并序

南方的势力本来就不够强大,又正碰上西部邻国发兵讨伐。很快便看到北方的军队攻城略地,车马如乌云滚滚而下。像秦国那样的箱浅轴长的兵车到处奔驰,像汉代雷门那样声震天下的大鼓不断擂响。敌人的武器精良长驱直入,佯攻暗游直逼江陵。虽说楚地有七泽之险,楚人有三户亡秦之志,但梁朝将无退兵之策,兵无御敌之力。节节溃败像洞庭山上的落叶,四散奔逃如浐阳滩头的流民。和事先估计到的一样,战火焚毁了梁朝的旗帜,秋风扫荡了梁朝的园木。于是梁元帝只好悔恨地焚烧书籍,拔剑砍断门柱而开城投降。

当初下江、长林一带,城防空虚,营垒破旧。等到西魏围攻城下,城中即使有节省粮秣之计,却没有大智大勇的将军。加上梁元帝拒谏塞听,章曼枝、宫之奇这样的有识之士都感到报国无门。他们或强行渡河,或巧计出关,纷纷出走避祸。最后只落得忠臣死无葬身之地,正直的人敢怒而不敢言。章华、云梦本是梁朝的大好河山,现在竟成了西魏的劫掠场所。梁朝的群臣有的被屠杀,有的被囚禁。百姓如燕雀遭到鹰鹯的攻击,备受折磨和摧残。受难者的哀怨感动了天地,夏热时怨艾成霜,秋涧时愤怒成泉。寡妇们的痛哭震塌了城墙,儿女们的血泪染红了湘竹。

山高水险,路途遥远。梁朝官民被掠入关,一路上忍饥挨饿,昼夜跋涉。经过了多少关山河流,才到达三秦之地。当时江陵土崩瓦解,一片混乱。不论官民士庶都被掠为奴婢,驱送到千里以外的长安。那时天寒雪飞,冻死者堆积如山。我在长安见到了因国亡而入北的陆机兄弟,也遇到了王粲那样离家避难的人。他们见到秦陇的水就想起家乡,忍不住失声哭泣;他们见到关中的山也想起家乡,不由得捶胸叹息。况且他们之中又有的夫妇离别,男在秦而女在楚。还有的家破子散,妻子等不到丈夫,母亲见不到儿女。即使王妃贵妇,也被下嫁给平民,或掠卖到远郡。到处可以听到人们倾诉离别的痛苦,到处可以看到人们脸上思念亲人的愁云。另外还有像我这样漂泊武威,羁旅在金微的人。我想起班超,真恨不得早日回到南方;想起温序,决心死也要魂归故土。现在正像李陵、苏武分别时的情景,有的人回南方去了,而我仍然被留在北方。

如果说江陵之亡是梁运的中断,那么亡国之祸早在金陵时就已经开始发生。虽说萧詧借用了西魏的势力,但实际上祸根却在于梁朝宗室内部。平定了侯景之乱的梁元帝很快便走向失败,梁朝的中兴大业再也无人继承。梁元帝的长子幼子,都死在侄子萧詧之手。这好比用荆山的玉石打乌鹊,鹊飞了玉石也碎了(梁元帝与萧詧相争,两败俱伤);隋侯救治受伤的大蛇,蛇活了宝珠却没了(萧詧勾结西魏,自己虽附庸称王而梁朝却灭亡了)。江陵战乱之后,到处闪耀着阵亡将士尸骨的鬼火,到处游荡着受害百姓冤屈的孤魂。梁朝自金陵迁都江陵,西魏乘机灭亡了梁朝。不是西魏废掉梁朝,北周又如何能够兴起。当初有妫氏的后人曾靠了姜姓的抚育,现在的陈霸先也是凭借梁朝而发展壮大。他终于夺取了梁朝皇帝的宝座,把梁敬帝贬谪为让王。天地的最高德是让人活下去（梁武帝享寿最高），圣人的最大宝物是崇高的地位（梁武帝在位时间最长）。但梁武帝竟重用了奸诈的侯景，结果造成江东王业全部丢弃。本来梁元帝平侯景后大有希望中兴，可惜又有宗室萧誉从江陵的东南方向造反。萧詧为了萧誉又把江陵白白送给了西魏，上天安排的这一切为什么如此令人心碎？

再从另一方面说，天道轮回不止，人事也跟着发生变化。我功业显赫的祖先在西晋末年，开始从北方南迁到江陵。到我这里共经历了七代，又遭逢国难而迁回北方。我携领全家居留在长安，连绵数十年。生离死别的痛苦感受，简直无法倾诉。而且我的至亲好友死亡殆尽，只剩下我像鲁灵光殿一样孑然独存。在这旧的一年就要过去，新的一年又要开始的时候。我深感岁月逼迫，客居艰难，真担心长流异域，直到死也难有所改变。长安城既有巍峨的宫殿，又有繁华的里巷。渭水绕城连通着天门，骊山陵下开凿成集市。我不但是幕府大将军们爱重的宾客，而且是王侯丞相们优待的国士。我的生活不亚于钟鸣鼎食的金日磾、张安世，我的权势也不低于汉宣帝的外戚许、史两家。但有谁知道富庶的长安和丰厚的优待都不能化解我心头的愁云，我像灞陵猎归时的李广那样，依然时刻想到自己曾是梁朝的右卫将军；又像流落咸阳街头的楚国太子那样，时时不忘回归江南故土。

赵国公集序

赵国公指宇文招,字豆卢突,北周文帝宇文泰之子。《周书》本传说他"好属文,学庾信体,词多轻艳",这说明他在文学创作上和庾信是同道。庾信在序中称宇文招所作"逸态横生,新情振起",其中虽然有虚誉的成分,但毕竟是对当时文学风气的直接评价。北朝的文学批评不很发达,庾信作为北朝后期文坛的重要作家,他所发表的意见还是颇值得注意的。何况庾信在历史上是一个文学家,研究庾信不能不注意到他对文学的认识。据《周书》本传,宇文招在"武成初,进封赵国公","保定中,拜为柱国","建德三年,进爵为王"。序称"柱国赵国公",则其作年必在保定三年(563年)至建德三年(574年)之间,极有可能是在建德初宇文招由益州总管入为大司空时,庾信此时恰好年满花甲。

窃闻平阳击石①,山谷为之调②;大禹吹筠③,风云为之动。与夫含吐性灵④,抑扬词气⑤,曲变《阳春》⑥,光回白日,岂得同年而语哉⑦!柱国赵国公发言为论⑧,下笔成章⑨,逸态横生⑩,新情

振起,风雨争飞,鱼龙各变⑪。方之珪璧⑫,涂山之会万重⑬;譬以云霞,赤城之岩千丈⑭。文参历象⑮,即入《天官》之书⑯;韵涉丝桐⑰,咸归总章之观⑱。论其壮也⑲,则鹏起半天⑳;语其细也,则鹪巢蚊睫㉑。岂直熊熊旦上㉒,增城抱日月之光㉓;焰焰宵飞,南斗触蛟龙之气㉔。

昔者屈原、宋玉㉕,始于哀怨之深;苏武、李陵㉖,生于别离之世㉗。自魏建安之末㉘,晋太康以来㉙,雕虫篆刻㉚,其体三变㉛。人人自谓握灵蛇之珠㉜,抱荆山之玉矣㉝。公斟酌《雅》《颂》㉞,谐和律吕㉟。若使言乖节目㊱,则曲台不顾㊲;声止操缦㊳,则成均无取㊴。遂得栋梁文囿㊵,冠冕词林㊶,《大雅》扶轮㊷,小山承盖㊸。

① 窃:谦词,私自,私下。平阳,今山西临汾市西南。传说远古部落陶唐氏居于此,尧为领袖。击石:击磬(qìng)。传说尧命夔(kuí)掌管音乐,夔于是效山林溪谷之音,击石拊石,以致百兽起舞。见《尚书·舜典》《吕氏春秋·古乐》。 ② 调:协调,调谐。 ③ 大禹:鲧(gǔn)之子,本为夏族部落首领,治水有功,舜死后继任为部落联盟领袖。筠(yún):竹的青皮,代指竹,这里指竹管乐器。 ④ 性灵:性情。《南史·文学传序》:"自汉以来,词人代有,大则宪章典诰,小则

申舒性灵。" ⑤词气:词章和气韵。 ⑥阳春:古代的乐曲名。战国楚宋玉《对楚王问》:"客有歌于郢中者,其始曰《下里》《巴人》,国中属和者数千人……其为《阳春》《白雪》,国中属而和者不过数十人。" ⑦同年而语:相提并论。以上是说今天自觉的文学创作远比初民的原始冲动高雅得多。 ⑧柱国:即上柱国大将军,是武官勋级中的最高一等。北周推行"府兵制",以十二大将军领二十四军府,上统于八柱国。 ⑨下笔成章:指才思敏捷。语出《三国志·魏书·陈思王传》:"言出为论,下笔成章。" ⑩逸态:超绝脱俗的意态。 ⑪鱼龙:指一种变幻的戏术。《汉书·西域传赞》"漫衍鱼龙"注:"鱼龙者,为舍利之兽,先戏于庭极,毕,乃入殿前激水,化成比目鱼,跳跃漱水,作雾障日;毕,化成黄龙八丈,出水敖戏于庭,炫耀日光。"以上是说宇文招有才情,为文追求新变。 ⑫珪璧:帝王诸侯朝会时所执的玉器,表示信符。珪,长形,上圆下方;璧,平圆形,中心有孔。 ⑬涂山:相传为禹会诸侯处,一说在今安徽蚌埠市西当涂山。《左传》哀公七年:"禹合诸侯于涂山,执玉帛者万国。" ⑭赤城:指赤城山,在今浙江天台县北。南朝宋孔灵符《会稽志》:"赤城,山名,色皆赤,状似云霞。"以上四句比喻宇文招的作品圆润如珪璧,绚烂似云霞。 ⑮历象:天文星象。晋挚虞《文章流别论》:"文章者,所以宣上下之象,明人伦之叙,穷理尽性,以究万物之宜者也。""上下之象"即《易·系辞上》"仰以观于天文,府以察于地理"。 ⑯天官:《史记》有《天官书》,记天文星象,并以星座比附职官。 ⑰丝桐:本指琴。琴多用桐木制成,练丝为弦。这里代指乐声。 ⑱总章:相传舜称明堂为总章。《三辅黄图》称"明堂,所以正四时,出教化,天子布政之宫也","制礼作乐,颁度量而天下服,知明堂是布政之官也"。观（guàn）：官观。以上四句指宇文招的作品华贵雅正，有助教化。　⑲ 壮：指气势恢宏。　⑳ 半天：中天，天空之中。《庄子·逍遥游》："鲲之大，不知其几千里也。化而为鸟，其名为鹏。鹏之背，不知其几千里也。怒而飞，其翼若垂天之云。"　㉑ 鹪巢蚊睫：鹪鹩在蚊子的睫毛上筑巢，极言其细小。《庄子·逍遥游》："鹪鹩巢于深林，不过一枝。"《晏子春秋》卷八："东海有虫，巢于蚊睫，再乳再飞，而蚊不为惊。"以上四句形容宇文招的作品既气势宏大，又笔法细腻。　㉒ 直：仅，只是。旦：天明，这里指日出。　㉓ 增城：传说中的神仙住地，指昆仑山，层累而上，高如九重之城。　㉔ 南斗：即斗宿，六星。　㉕ 屈原（约前340—约前278年）：战国楚诗人。楚怀王时，为司徒、三闾大夫。后遭谗去职，顷襄王时被放逐，流浪于沅、湘一带。秦破楚郢都，感到理想破灭，投汨罗江而死。传世作品保存在《楚辞》一书中。《史记》卷八十四有传。宋玉：战国楚辞赋家。稍晚于屈原，一说即屈原弟子，曾为顷襄王小臣，所著《九辩》抒发了在政治上不得志的悲愤。事见《史记·屈原传》。　㉖ 苏武（约前140—前60年）：汉武帝天汉元年（前100年），以中郎将出使匈奴，被扣留，誓死不降，至昭帝时始获释回朝，留匈奴十九年。《汉书》卷五十四有传。李陵（？—前74年）：西汉名将。天汉二年（前99年），率兵出击匈奴，兵败投降，居匈奴二十余年，病死。《汉书》卷五十四有传。《文选》录有李陵《与苏武》诗三首。梁钟嵘《诗品》称其"文多凄怆，怨者之流"。　㉗ 别离：指离乡背井。以上是说文学产生于哀怨的情感和乱离的世道。　㉘ 建安：汉献帝年号（196—219年）。建安至魏初是文学创作的一个繁盛期，主要作家是"三曹"（曹操、曹丕、曹植）和"七子"（孔融、陈琳、王粲、徐干、阮瑀、应玚、刘桢)。这一时期的作品大多能反映社会的动乱和人民流离失所的痛苦,情调慷慨,语言刚健,史称“建安文学”。 ㉙ 太康:晋武帝的年号(280—289 年)。太康时期的代表作家有潘岳、陆机、张载、张协、陆云等,他们的诗风追求词藻华美,注重炼字,多用对偶,史称“太康体”。 ㉚ 雕虫篆刻:指词赋之事为小技末艺。汉扬雄《法言》:“或问:‘吾子少而好赋?’曰:‘然。童子雕虫篆刻。’俄而曰:‘壮夫不为也。’” ㉛ 三变:多变,“三”指多数。南朝梁沈约《宋书·谢灵运传论》:“自汉至魏,四百余年,辞人才子,文体三变。”以上是说汉末以来文体几经变化。 ㉜ 灵蛇之珠:用隋侯路救伤蛇,蛇衔径寸明珠相报事。参见《哀江南赋》“隋岸蛇生而珠死”句注。 ㉝ 荆山之玉:楚人卞和于荆山得玉璞,即和氏璧。参见《哀江南赋》“荆山鹊飞而玉碎”句注。这两句是说历代作者以文词命世,各领风骚。 ㉞ 公:指宇文招。雅颂:《诗》所收的诗分为三大类,即《风》《雅》《颂》。“风”是带有地方色彩的乐调;“雅”是周王朝直接统治地区的乐调,代表“正风雅乐”;“颂”是宗庙祭祀用的舞曲。 ㉟ 律吕:乐律,这里指声韵。这两句是说宇文招的作品格调雅正,声韵协调。 ㊱ 乖:违背。节目:条目。 ㊲ 曲台:汉代有曲台殿,在未央宫内,作为天子射宫,又立为署,置太常博士,校订礼制。《汉书·艺文志》礼类有《曲台后仓》九篇,后仓是汉宣帝时人。 ㊳ 操缦:调谐弦音,安弦成曲。《礼记·学记》:“不学操缦,不能安弦。”这里用指初学曲调未工。
㊴ 成均:西周的太学,位于“辟雍”之南。大司乐于此教授乐德、乐舞。《周礼·春官·宗伯》:“大司乐掌成均之法,以治建国之学政,而合国之子弟焉。”以上是说宇文招的作品言合于礼制,声合于乐制。 ㊵ 栋梁文囿:文苑的栋梁。囿(yòu):园地。 ㊶ 冠冕词林:

词林的杰出人物,受词林拥戴。 ㊷ 大雅:《诗》有《大雅》《小雅》,《大雅》多西周初年的作品。旧说雅指正声,王政有大小,故有大小雅之分。扶轮:在车侧拥进。 ㊸ 小山:指淮南小山,亦即西汉淮南王刘安及其门客的共称。参见《枯树赋》"小山则丛桂留人"句注。承盖:奉着车盖,即遮掩的意思。这四句是说,宇文招是北周文坛的佼佼者,他的作品可以上比《大雅》,要高出汉淮南王等人。

翻译

我听说唐尧时敲击石磬,使山谷得到调谐;大禹时吹奏青竹,使风云受到震动。这和今天的倾吐个人性情,讲究词章气韵,追求高雅新变,注重华美炫耀,怎么能相提并论呢!柱国赵国公一发言就成为言论,一下笔就成为妙文,超凡脱俗,千姿百态,体制出新,情思振作,如风雨上下飞舞,如鱼龙变幻莫测。如果要形容它的圆润,那正好是涂山大会上成千累万的珪璧;形容它的绚烂,也正好是赤城山壁立千丈的云霞。其文采典丽似天上的星象,可立即写入《天官书》;其声韵雅正如丝竹桐琴,可全部入藏总章宫。若评论其雄壮的气势,则像是遮天奋飞的鹏鸟;若评论其细腻的笔法,则像是在蚊子睫毛上筑巢的鹪鹩。这一切显然也不是日出时增城山上的日月光华、夜半时南斗宿旁的蛟龙精气所能够比拟的。

从前屈原、宋玉的辞赋,导源于胸中深重的哀怨;苏武、李陵的诗篇,产生于遭逢离别的世道。自建安末年至魏初,直至晋太康以来，作为雕虫小技的文学，其文体发生了多次变化。人人都自认为把握了灵蛇的明珠，获得了荆山的宝玉。赵国公吸取了《雅》《颂》的精髓，精心调谐声韵和格调。如果有一处言词不合于规律，则必像曲台校礼一般弃置不顾；如果有一处声韵属于初调未工，则必像成均正乐一样舍而不取。于是他终于成为文苑的栋梁，词林的冠军，而他的作品则可以与《诗·大雅》和西汉的淮南小山之辈为伍。

谢滕王集序启

今本《庾信集》卷首有北周滕王宇文逌原序,序称"今之所撰,止入魏以来,爰自皇代,凡所著述,合二十卷,分为两帙",这说明二十卷本不包括梁时旧作,与今本不同。序又称庾信"妙善文词,尤工诗赋,穷缘情之绮靡,尽体物之浏亮,谋夺安仁之美,碑有伯喈之情,箴似扬雄,书同阮籍",这是同时代人对庾信作品的全面评论。据《周书·文闵明武宣诸子传》,宇文逌字尔固突,武成初封滕国公,建德三年(574年),进爵为王。大象元年(579年)五月,诏以荆州新野郡(今属河南)邑万户为滕,逌出就国。二年,朝京,其年冬,为隋文帝所害。庾信谢启中与滕王有在京期会之语("伏迟至邺可期,从梁有日"),可知集序作于大象元年宇文逌抵新野之后,而庾信的谢启则当作于这一年的冬季。

信启:伏览制垂赐集序①。紫微悬映,如传阙里之书②;青鸟遥飞,似送层城之璧③。若夫甘泉宫里,玉树一丛,玄武阙前,明珠六寸,不得譬此光芒,方斯烛照④。有节有度,即是能平八风⑤;

愈唱愈高，殆欲去天三尺⑥。

殿下雄才盖代⑦，逸气横云⑧，济北颜渊⑨，关西孔子⑩。譬其毫翰⑪，则风雨争飞；论其文采，则鱼龙百变⑫。蒲桃绕馆⑬，新开碣石之宫⑭；修竹夹池⑮，始作睢阳之苑⑯。琉璃泛酒⑰，鹦鹉承杯⑱。凤穴歌声⑲，鸾林舞曲⑳。况复行云逐雨㉑，回雪随风㉒。湖阳之尉，既成为喜之因㉓；舂陵之侯，便是销忧之地㉔。

某本乏材用㉕，无多作述㉖。加以建邺阳九㉗，劣免儒硎㉘；江陵百六㉙，几从士垄㉚。至如残编落简㉛，并入尘埃㉜；赤轴青箱㉝，多从灰烬㉞。比年疴恙弥留㉟，光阴视息㊱，桑榆已迫㊲，蒲柳方衰㊳，不无秋气之悲，实有途穷之恨㊴。是以精采瞀乱㊵，颇同宋玉㊶；言辞謇吃㊷，更甚扬雄㊸。一吟一咏，其可知矣。好事者不求㊹，知音者不用㊺。非有班超之志，遂已弃笔㊻；未见陆机之文，久同烧砚㊼。

至于凋零之后㊽，残缺所余，又已杂用补袍㊾，随时覆酱㊿。圣慈怜愍㉛，遂垂存录㉜。始知揄扬过差㉝，君子失辞㉞；比拟纵横，小人迷惑㉞。荆玉抵鹊㉟，正恐轻用重宝；龙渊削玉㊱，

谢滕王集序启

119

岂不徒劳神虑㊾？匠石回顾㊿，朽材变于雕梁㊶；孙阳一言㊷，奔蹄成于骏马㊸。故知假人延誉㊹，重于连城㊺；借人羽毛，荣于尺玉㊻。溟池九万里㊼，无逾此泽之深㊽；华山五千仞㊾，终愧斯恩之重㊿。

即日金门细管㊼，未动春灰㊼；石壁轻雷，尚藏冬蛰㊼。伏愿圣躬㊼，与时纳豫㊼。南阳宝雉㊼，幸足观瞻；郦县菊泉㊼，差能延寿㊼。伏迟至邺可期㊼，从梁有日㊼。同杞子之盟会㊼，必欲瞻仰风尘㊼；共薛侯而来朝㊼，谨当逢迎冠盖㊼。鱼肠尺素㊼，凤足数行㊼。书此谢辞，终知不尽㊼。谨启。

---

① 伏览：敬称阅览。制：制作。垂赐：俯赐。这是说已拜读了集序。② "紫微"二句：用《孝经援神契》所载事："孔子制作《孝经》，向北辰而拜。""紫微"即北辰（北极星），"阙里"即孔子讲学处，在今山东曲阜市城内阙里街。③ "青鸟"二句：用西王母事。西王母居于玉山，有三青鸟为之取食送信。见《山海经》。"层城"即增城，《水经注》引《昆仑记》："昆仑之山三级：下曰樊桐，一名板桐；二曰玄圃，一名阆风；上曰增城，一名天庭，是为太帝之居。"以上四句是说，其序如圣人之书、仙山之璧，无比珍贵。④ "若夫"六句：指序文光彩照

庾信集

120

人,远非珠玉可比。甘泉宫:秦置,汉武帝增建,在今陕西淳化县西北甘泉山上。玉树:汉扬雄《甘泉赋》:"翠玉树之青葱兮。"唐颜师古注:"玉树者,武帝所作,集众宝为之。"玄武阙:即北阙,在未央宫。见《水经·渭水注》。明珠:《列仙传》载,朱仲常于会稽市上贩珠,曾向汉高后献三寸珠,又向鲁元公主献四寸珠。烛照:烛龙明视。烛龙又名烛阴,是钟山之神,视为昼,瞑为夜。见《山海经·海外北经》。 ⑤八风:八方之风。《左传》襄公二十九年载,吴公子札观看了周朝的乐舞,称颂道:"五声和,八风平(协谐),节(节拍)有度(尺度),守有序,盛德之所同也。" ⑥去天三尺:辛氏《三秦记》:"太白山在武功县南,去长安三百里,不知高几许,俗云:'武功太白,去天三百。'"这四句指序文格调和谐,响遏行云。 ⑦殿下:指滕王。盖代:胜过当代。 ⑧逸气:脱俗的才气。 ⑨济北颜渊:《后汉书·吴祐传》李贤注引《济北先贤传》载,戴宏字元襄,刚县(今山东宁阳县东北)人,少有颜回(字子渊,孔子弟子)之称。 ⑩关西孔子:《后汉书·杨震传》载,震字伯起,弘农华阴(今陕西华阴市东南)人。好学明经,当时称"关西孔子杨伯起"。以上四句称颂宇文逌品德学问兼优。 ⑪毫翰:文笔。 ⑫鱼龙:一种戏术,变幻莫测。参见《赵国公集序》"风雨争飞,鱼龙各变"句注。以上四句指宇文逌笔挟风雨,文体多变。 ⑬蒲桃:同"葡萄"。 ⑭碣石之宫:一名碣石馆,在今北京城西南。《史记·孟子荀卿列传》载,齐人邹衍到燕国,燕昭王为筑碣石宫,亲往宫中请教。 ⑮修竹:长竹。汉枚乘《梁王兔园赋》:"修竹檀栾夹池水。" ⑯睢阳之苑:即梁苑,又称兔园,在今河南商丘市东。《史记·梁孝王世家》载,梁孝王刘武筑东苑,方三百余里,广睢阳城七十里,大治宫室,招延名士,司马相如、枚乘等皆为座上客。以上四句指宇文迪礼贤下士。 ⑰ 琉璃：一种宝石，青色如玉。这里指琉璃制成的碗。泛：浮，指流觞。 ⑱ 鹦鹉：指鹦鹉螺制作的酒杯。 ⑲ 凤穴：《山海经·南山经》："丹穴之山……有鸟焉，其状如鸡，五采而文，名曰凤凰，自歌自舞。" ⑳ 鸾林：《山海经·西山经》："女床之山……有鸟焉，其状如翟而五彩文，名曰鸾鸟。"又晋葛洪《抱朴子》(《太平御览》引)："鸾鸟似凤而白缨，闻乐则蹈节而舞。"以上四句指滕王府的饮宴歌舞。 ㉑ 行云逐雨：《水经·江水注》："丹山西即巫山者也，又帝女居焉。……所谓巫山之女，高唐之姬，旦为行云，暮为行雨。" ㉒ 回雪随风：三国魏曹植《洛神赋》："飘飘兮若流风之回雪。"这两句指宇文迪出就滕国。 ㉓ "湖阳"二句：指宇文迪于宣政元年(578年)为元帅伐陈，众皆喜。湖阳：今河南唐河县西南湖阳镇。《后汉书·光武帝纪》载，进屠唐子乡，又杀湖阳尉，军中分财物不均，众欲反攻诸刘，光武帝刘秀敛宗人所得物悉以与之，众乃悦。 ㉔ "舂陵"二句：指宇文迪于大象元年(579年)就国于新野郡为无忧之事。舂陵：今湖北枣阳市。袁宏《后汉纪·光武帝纪》载，汉武帝时，汉景帝孙刘买封舂陵节侯。元帝时，节侯之孙孝侯以南方卑湿为由，请求徙南阳，于是以蔡阳白水乡(今湖北枣阳市南)为舂陵侯封邑。 ㉕ 某：庾信自称。 ㉖ 作述：著作。这两句自谦无才，作品不多。 ㉗ 建邺：今江苏南京。阳九：汉代术数家以四千六百一十七年为一元，初入元一百零六年中有九年旱灾，称为"百六""阳九"。见《汉书·律历志》。这里指梁武帝太清三年(549年)侯景之乱。 ㉘ 儒硎(kēng)：指秦始皇坑儒事。"硎"同"坑"。参见《哀江南赋》"硎谷折拉"句注。 ㉙ 江陵百六：指梁元帝承圣三年(554年)江陵之败。 ㉚ 士垄：死士的

庾信集

122

坟墓,《战国策·齐策》载,秦攻齐,先有命令说:"有敢下柳下季垄(坟墓)五十步内樵采者,死不赦。"又有命令说:"有能得齐王头者,封万户侯,赐金千镒。"颜斶认为"由是观之,生王之头曾不若死士之垄"。以上四句是说,侯景之乱和江陵之败,自己都几乎丧生。 ㉛ 残编落简:指自己的手稿。落,零落。 ㉜ 尘埃:随风飘扬的灰土,尘之细者为埃。 ㉝ 赤轴青箱:指家传的藏书。轴,卷轴。青箱,青色书箱。《宋书·王准之传》载,曾祖彪之博闻多识,练悉朝仪,此后家世相传,皆谙熟江左旧事,缄之青箱,世人谓之王氏青箱学。 ㉞ 烬(jìn):烧剩下的东西。以上四句指手稿与藏书散亡殆尽。按,宇文逌集序亦可为证:"昔在扬都,有集十四卷,值太清罹乱,百不一存。及到江陵,又有三卷,即重遭军火,一字无遗。" ㉟ 比年:近年。疴恙(kē yàng):疾病。弥留:久病不愈。 ㊱ 光阴视息:指日月推移。 ㊲ 桑榆:日落前影在桑榆树端,本指日暮,此喻晚年。三国魏曹植《赠白马王彪》:"年在桑榆间,影响不能追。"迫:近。 ㊳ 蒲柳:蒲草与杨柳,因落叶早,喻人早衰。《世说新语·言语篇》载,顾悦与司马昱同年而发早白,问为何早白,顾说:"蒲柳之姿,望秋而落。" ㊴ 秋气之悲:战国楚宋玉《九辩》:"悲哉秋之为气也,萧瑟兮草木摇落而变衰。" ㊵ 途穷之恨:《三国志》裴注引《魏氏春秋》载,阮籍旷达不羁,时常驾车出行,不由径路,车迹穷尽时,则恸哭而返。以上数句说年老多病,不免有日暮途穷之叹。 ㊶ 精采:精神和丰采。瞀(mào)乱:昏乱。 ㊷ 宋玉:战国楚辞赋家,其《九辩》中有这样的话:"慷慨绝兮不得,中瞀乱兮迷惑。私自怜兮何极,心怦怦兮谅直。" ㊸ 謇吃(jiǎn jí):口吃。 ㊹ 扬雄:西汉辞赋家。《汉书·扬雄传》:"为人简易佚荡,口吃不能剧谈。"以上四句指

谢滕王集序启

晚年文采大不如前。 ㊺ 好事者：指爱好文学的人。《汉书·扬雄传》："家素贫，耆酒，人希至其门，时有好事者载酒肴从游学。" ㊻ 知音者：本指精通乐律的人，这里指懂得为文之道的人。以上四句自谦晚年所作诗文已不足观。 ㊼ "非有"二句：用东汉班超投笔从戎事，只取其搁笔之意。《后汉书·班超传》载，超早年家贫，以为人抄写为生，后投笔叹道："大丈夫当立功异域，以取封侯，安能久事笔研间乎！" ㊽ "未见"二句：西晋陆机辞藻宏丽，其弟陆云给他写信说："君苗见兄文，辄欲烧其笔砚。"见《晋书·陆机传》。 ㊾ 凋零：指人事衰落，也就是侯景之乱和江陵之败。 ㊿ 补袍：《太平御览》引《古今善言》："续（羊续，汉灵帝时为太尉，为人清苦）出黄纸补袍，以示使人（使者）。时人谣曰：'天下清苦羊续祖。'" (51) 覆酱：《汉书·扬雄传》载，扬雄著《太玄》《法言》，刘歆认为当时学者正追求利禄，不会留意于此，所以说"吾恐后人用覆酱瓿（bù）也"。以上四句谦称所作诗文不佳，只配用来补缀衣服、覆盖酱缸。 (52) 圣：对帝王的尊称，这里指滕王。慈：慈爱。愍（mǐn）：哀怜。 (53) 垂：敬词，称上对下。这是说宇文逌抄存庾信作品并汇编成集。 (54) 揄扬：宣扬。差（cī）：等级。 (55) 君子：指宇文逌。 (56) 小人：庾信自称。以上四句对宇文逌写序奖掖表示惶愧。 (57) 荆玉：《韩非子·和氏篇》："楚人和氏得玉璞楚山中。"抵鹊：《盐铁论·崇礼篇》："昆山之旁，以玉璞抵乌鹊。" (58) 龙渊：《晋太康地记》（《史记索隐》引）载，汝南西平县有龙泉（原作"渊"，唐人避讳改）水，"可以淬刀剑，特坚利，故有龙泉之剑"。这里指龙渊剑。 (59) 神虑：英明的意念。以上四句恭维宇文逌为自己的集子作序是大材小用。 (60) 匠石：一个叫做石的匠人。《庄子·人间世》载，匠石到齐国去，见许多人围着一棵大栎树观看,栎树是没有大用的木材,故观者如市,而匠石不屑一顾。这里反用其意。 ㉑雕梁:雕琢为栋梁。 ㉒孙阳:即伯乐,姓孙名阳,善相马。《战国策·燕策》载,有人在市上卖骏马,三天后无人能识,便请伯乐到市上看上一眼,顿时马价十倍。 ㉓奔騠(dì):正在奔驰的马。以上四句指因为宇文迪的赏识,自己的作品变废为宝。 ㉔假:凭借。延誉:传扬名声。 ㉕连城:价值连城。用和氏璧事,见《史记·蔺相如列传》。 ㉖尺玉:《尹文子·大道篇》:"魏田父有耕于野者,得宝玉径尺。"以上四句指宇文迪在序文中的称誉使文集声价倍增。 ㉗溟池:传说中的大海。《庄子·逍遥游》:"南冥者,天池也……鹏之徙之于南冥也,水击三千里,抟扶摇而上者九万里。" ㉘泽:恩惠。 ㉙华山:在今陕西华阴市南。一名太华山。《山海经·西山经》:"又西六十里,曰太华之山,削成而四方,其高五千仞。"仞:七尺(或八尺)。 ㉚斯:此。这四句指作序之恩比山高比海深。 ㉛金门:汉弘农郡宜阳县(今河南宜阳县西南)有金门山,山竹可制为候气的律管。见《续汉书·郡国志》刘昭注。 ㉜未动春灰:指春季还没有到来。汉代的候气之法是,将葭莩(芦苇中的薄膜)烧成灰,置于十二律管中,放入密室,某节候至,则相应的律管中的葭莩灰即飞出。见《续汉书·律历志》。这里是说对应春季的律管中的葭灰尚未飞动。 ㉝冬蛰:动物昆虫尚在冬眠。《礼记·月令》:"仲春之月,雷乃发声,蛰虫咸动,启户而出。"以上四句指谢启作于冬季。 ㉞圣躬:圣体,指滕王。 ㉟纳豫:享受安乐。这两句是问候时下安好。 ㊱南阳:今属河南。滕国封地新野郡,此前曾为县,属南阳郡或南阳国。宝雉:雄雉(野鸡)之神,一名陈宝。相传秦文公时,其常自南阳叶县(今属河南)来陈仓

(今陕西宝鸡市东)北阪神祠,光辉如流星,其声殷殷如雷鸣。见《史记·封禅书》。　⑦郦县:今河南南阳市西北。菊泉:《续汉书·郡国志》刘昭注引《荆州记》:"(郦)县北八里有菊水,其源旁悉芳菊,水极甘馨。又中有三十家,不复穿井,仰饮此水,上寿百二十三十,中寿百余,七十者犹以为夭。"　⑧差(chā):稍微,比较。以上四句举滕国名胜以颂吉祥。　⑦伏迟(zhì):恭候。至邺:指到都城的日子。三国魏曹丕《与吴质书》:"今遣骑到邺,故使枉道相过。"邺为三国魏王都之一,在今河北临漳县西南邺镇。　⑧从梁:随从梁孝王。《史记·司马相如传》载,梁孝王来朝,游说邹阳、枚乘、司马相如,司马相如因病免,客游梁。这两句是相约在滕王回都之日会晤。

⑧杞子:春秋时杞国(在今河南杞县)的国君,即杞侯、杞伯。《左传》桓公十二年:"秋六月壬寅,公(桓公)会杞侯、莒子,盟于曲池。"　⑧风尘:踪影。《后汉书·赵咨传》:"(曹)嵩送至亭次,望尘不及。"这里借指风采。　⑧薛侯:春秋时薛国(在今山东滕州市南)国君。《左传》隐公十一年:"春,滕侯、薛侯来朝。"　⑧冠盖:冠,礼帽。盖,车盖。这里指车驾。以上四句说滕王到京时必当恭谨相接。

⑧鱼肠尺素:指书信。汉蔡邕《饮马长城窟行》:"客从远方来,遗我双鲤鱼。呼儿烹鲤鱼,中有尺素书。"尺素,用来写信的绢帛,长一尺左右。　⑧凤足:当作"雁足"。数行:指书信。《汉书·苏武传》载,苏武出使匈奴,被扣留,匈奴诡言苏武已死,苏武则让人带话给汉朝使者,使者对匈奴单于说:"天子在上林苑射得一雁,足系帛书,言武在某泽中。"匈奴只好承认苏武仍健在。　⑧不尽:书不尽意。这四句是说,作此谢启,遥寄新野,感激之情言之未尽。

翻译

　　庾信启：惠赐的集序已拜读。就像是紫微星传来了孔夫子所写的书,又像是三青鸟送到了层城山出产的璧。如果说甘泉宫里有一丛玉树,玄武阙前有六寸明珠,那么它们都不能比拟集序的光芒和烛照。集序合乎节律和法度,自然能使八方之风和谐;其格调之高,几乎离天只有三尺。

　　殿下的雄才大略压倒当世,跌荡超俗的气势横贯云端,俨然是济北的颜回,关西的孔子。要形容其笔致,则可以说是挟风带雨;要评价其文采,则可以说是鱼龙百变。葡萄环绕着馆舍,为礼贤已新建了碣石宫;修竹丛生在池边,为延客已修筑起睢阳苑。琉璃碗流觞为乐,鹦鹉螺代杯尽欢。歌声如丹穴的凤鸣,舞姿似林中的鸾飞。何况现在出就藩国,正好比行云追逐暮雨,流风旋起飞雪。当年挥师伐陈,如光武帝杀湖阳尉,使众人皆感到欢欣;而今出就新野,似春陵侯徙南阳郡,是如愿到达无忧之地。

　　我本来就缺乏才能,著作也不多。加上建邺之灾,我只因为拙劣才侥幸免于一死;江陵之祸,又几乎和其他士人一道殉葬。至于零落的手稿,早已化为尘埃;所藏的书籍,也已变成灰烬。近年则接连有病,日月推移,晚年又至。身体已衰,不能不为肃杀的秋气而悲哀,不能不为穷途末路而怅憾。所以当我的精神气度像宋玉一般昏乱,文辞枯涩像扬雄一般口吃时,我吟诗作赋的拙劣,就可想而知了。连好事的人都不再求我作文,精通诗文之道的人

谢滕王集序启

自然更不会赏识我的作品。我虽然没有班超的远大抱负,也已决定从此搁笔;虽然未曾见到陆机的妙文,也早就想要烧掉自己的笔砚。

说到历经劫难之后,残损剩余的文稿,也已经胡乱用来补缀衣袍,随手用来覆盖酱瓿。幸得殿下出于慈爱悯怜之心,才得以抄录保存。殿下序文中对我的过分称扬,在用词上已无以复加;那种无所顾忌的比喻,更使我深感不安。殿下用荆山的玉璞来打乌鹊,只怕是大器小用;用龙渊剑来削玉石,岂不是白白浪费了英明的决断?匠石回头看上一眼,可以使无用的木材变成栋梁;孙阳只要一句话,也可以把奔驰着的马判定为骏马。由此可知,借他人的称誉,能让自身价值连城;利用他人的名望,能让自己获得璧玉般的荣耀。溟池浩大无边,比不上殿下给我的惠赐之深;华山高耸入云霄,比不上殿下给我的恩情之重。

现在金门竹管上的春灰还没有飞动,山上轻微的雷声也还没有惊醒冬蛰的虫兽。伏愿圣体时时安乐。所幸南阳有雄雉之神,可供暇时拜祷观瞻;郦县有菊花泉水,亦能益寿延年。我恭敬地等待着殿下回都的日期,庆幸又有机会与殿下过从。如同当年杞侯前去与周王盟会,我也想前往瞻仰大驾的风采;又如同滕侯与薛侯一起来朝,我当谨敬地迎接大驾的降临。我写的这篇谢辞,如同藏在鲤鱼中的简短信笺,拴在雁足上的数行文字,毕竟说不完我心中的感戴之情。谨启。

诗

奉和山池

庾信的辞赋，显然后期胜过前期，不仅格调由明丽而苍浑，绮缛而流转，而且情文兼至，寄慨遥深。至其诗歌，却并非如此。早作多奉和诗，在内容上不外摹状声色，流连光景，确实不足为训。然而正当齐、梁之际，诗体追求新变，庾信孜孜矻矻，研字炼句则调谐对切，咏物写景则斗巧出奇，他的诗作既可称古诗后劲，又开创律诗先路，对诗歌的发展有其独特的贡献。入北以后，作诗多家国之叹，抗志希古，气有不平。然而早年结习未能尽改，诗风依旧靡丽，有时去其藻俪，参以散句，反让人感到近乎邯郸学步，未见其新，先失其旧。倘若就诗歌的艺术造诣而言，则庾信的成就主要在南朝，大致可归纳为两点：一是语尽绮靡，一是声尽入律。有鉴于此，我们不能一笔抹杀庾信在梁朝的奉和篇什。《艺文类聚》卷九载有梁简文帝萧纲的《山池》诗，庾信这篇《奉和山池》应是奉和萧纲的，时萧纲为东宫太子。

乐宫多暇豫[①]，　望苑暂回舆[②]。
鸣笳陵绝浪[③]，　飞盖历通渠[④]。
桂亭花未落，　桐门叶半疏。

荷风惊浴鸟，　　桥影聚行鱼。

日落含山气⑤，　　云归带雨余⑥。

---

① 乐宫：秦始皇造兴乐宫，汉高祖更加修饰，改名长乐宫，周回二十里，有殿十四，在长安（今陕西西安市）西北。见《三辅黄图》。暇豫：闲暇逸乐。　② 望苑：汉武帝为太子刘据开博望苑，以交接宾客，在长安城南。　回舆：出游归来。舆，指车。　③ 鸣笳：笳即笳笛，魏晋以后入卤簿（舆驾出行时扈从的仪仗队）。《南史·王僧祐传》："（僧祐）雅为从兄俭所重，每鸣笳列驺（骑从）到其门候之。"陵：超越。　④ 飞盖：驱车。盖，车盖。通渠：四通八达的水道。陈张正见《帝王所居篇》："紫微临复道，丹水亘通渠。"　⑤ 山气：山间的云气。晋陶渊明《饮酒》："山气日夕佳，飞鸟相与还。"　⑥ 余：后，以后。梁简文帝《雨后》："雨余云稍薄，风收热复生。"这首诗的前四句写嬉游于宫苑山池之间，后半写秋景，对偶精丽，清新可喜。

翻译

长乐宫里最多闲情逸趣，
博望苑中留恋不忍离去。
鸣笳列舟冲破池上风浪，
车驾飞驰游遍山岗河渠。
亭畔的秋桂金花满枝，

门前的疏桐黄叶半稀。
风吹荷动唬得水鸟惊飞,
水映桥影引来鱼儿嬉戏。
落日在山吞吐着淡淡烟霭,
云收雨霁平添出丝丝凉意。

昭君辞应诏

昭君名王嫱,字昭君,汉元帝时的宫人。竟宁元年(前33年),入匈奴和亲,卒葬于匈奴。墓在今内蒙古呼和浩特市南,世称青冢。"昭君出塞"是一则有名的历史故事,"昭君怨"也是古诗创作的传统主题。自西晋石崇的《王明(晋人避司马昭讳改)君辞》以来,历代歌咏其事,大多抒写道路之思,悱恻缠绵,一唱三叹。《昭君辞》后来亦用作乐府诗题,梁简文帝萧纲、梁武陵王萧纪等都有仿拟之作。庾信这一篇称为"应诏",当是奉和梁简文帝(时为太子)的,故可断定它是金陵时期的作品。全诗描写的重点不在于表达哀怨之情,而是要写出王昭君途经胡、汉边界时的复杂感情,从而揭示出王昭君单纯无私的美好心灵。

敛眉光禄塞①,　还望夫人城②。
片片红颜落,　双双泪眼生③。
冰河牵马渡,　雪路抱鞍行④。
胡风入骨冷,　夜月照心明⑤。
方调琴上曲,　变入胡笳声⑥。

① 敛眉:皱眉。光禄塞:在今内蒙古包头市西北。汉武帝时筑,宣帝甘露三年(前51年)匈奴呼韩邪单于请留居于此。　②夫人城:指范夫人城,在今蒙古国达兰扎达嘎德之西。《汉书·匈奴传》应劭注:"本汉人筑此城,将亡,其妻率余众完保之,因以为名也。"以上两句写跨出汉界,回顾家国,不胜依恋。　③"片片"二句:写内心痛苦的样子。红颜:指脸上搽的胭脂。　④"冰河"二句:写冰天雪地赶路之苦。抱鞍:伏鞍,以御风雪。　⑤"胡风"二句:写昭君心地纯洁,体弱不堪其苦。胡:本指北方民族,借指北方。　⑥"方调"二句:写马上弹琴(琵琶),声含悲凄。胡笳:古代北方民族的管乐器,其音悲凉。这首诗前四句写出塞时感情徘徊,中四句写不畏艰辛,一往无前,突出昭君的思想境界,使全诗进入高潮,末二句以马上琴声凄切,揭示出昭君内心不免有苦痛。

翻译

眉头紧锁着走出光禄塞,
忍不住回头遥望夫人城。
脸上的红妆因伤心而褪色,
眼睛里有思乡的热泪充盈。
牵着马渡过凛冽的冰河,
伏鞍抵御雪路上的寒风。
柔弱的身躯迎击着刺骨的寒冷,

夜月照见的却是她明净的心灵。
正要调弦排遣心中的苦痛，
而琴音已掺入悲凉的胡笳之声。

将命至邺

梁武帝大同十一年(545年)秋七月,庾信偕徐君房出使东魏。这是对夏四月东魏遣使来聘的回访,而东魏听说来使名誉甚高,也特意选拔一时之秀出面接待,礼仪十分隆重。庾信在这次出访中充分显示出外交才干,"文章辞令,盛为邺下所称"(《周书·庾信传》)。此时庾信三十三岁,任职通直散骑常侍。从东魏归来,先升任职位清显的正员郎,又很快成为太子萧纲(即简文帝)的东宫领直,节度宫中文武千余人。侯景之乱以前的庾信,真可以说是任兼文武,青云得志,文采风流,誉满南北。与这次出访有关的诗凡三篇,《入彭城馆》作于途中,《将命至邺酬祖正员》及本篇作于留魏期间。本篇属于访问结束时的告别词,我们从中可以看到庾信在外交场上的辞令风范,这恐怕是不能与那些一味声色犬马的文学侍从们同日而语的吧。

大国修聘礼①,亲邻自此敦②。
张旃事原隰③,负扆报成言④。
西过犯霜露⑤,北指度辕辕⑥。

交欢值公子⑦,展礼觌王孙⑧。

何以誉嘉树⑨,徒欣赋《采蘩》⑩。

四牢欣折俎⑪,三献满罍樽⑫。

人臣无境外⑬,何由欣此言⑭。

风俗既殊阻⑮,山河不复论⑯。

无因旅南馆⑰,空欲祭西门⑱。

眷然惟此别⑲,夙期幸共存⑳。

---

① 大国:尊称东魏。公元534年北魏孝武帝受高欢胁迫而逃往关中,欢另立元善见为帝,迁都邺(今河北临漳县西南邺镇),史称东魏。550年,为北齐(高欢子高洋)所代。聘礼:诸侯间通问修好的礼仪。　② 敦:亲厚。　③ 张旃(zhān):打开旗帜,表明奉使而来。旃,一种赤色曲柄的旗。原隰(xí):原指高而平之地,隰指低而湿之地,总称土地。《诗·小雅·皇皇者华》:"皇皇者华,于彼原隰。駪(shēn)駪征夫,每怀靡及。"这是写使臣惟恐完不成使命的诗,此处用"原隰"兼用其诗意。　④ 负扆(yǐ):负是背向,扆是画有斧纹的屏风,古代天子会见诸侯,负扆南面而立。这里指东魏孝静帝(元善见)。成言:订约。以上四句是说,魏、梁修好,我们奉命而来,要向魏帝报告两国达成的协约。　⑤ 西过:往西走。　⑥ 北指:向北。镮(huán)辕:指镮辕山,山路险阻,曲折回环,上有镮辕关,是东汉所设"八关"之一,在今河南偃师市东南。以上两句写路途跋涉的艰辛。　⑦ 交欢:结交并取得对方欢心。值:相遇。公子:诸侯之子,

庾信集

泛指权贵。　⑧觌(dí)：相见。王孙：王族的子孙。以上两句写在东魏广交王公贵族。　⑨誉嘉树：《左传》昭公二年载，晋侯派韩宣子至鲁聘问，鲁襄公设享礼接待，享礼完毕，在季武子家饮宴，韩宣子见庭院中有一棵好树，就通过赞誉树来赞美主人。　⑩赋《采蘩》：《左传》昭公元年载，晋臣赵孟、鲁臣叔孙豹和曹国的大夫来到郑国，郑伯设享礼接待，礼毕，叔孙豹朗诵《采蘩》诗篇，说："小国献上了蘩，大国爱惜而加以使用，岂敢不服大国的命令。"《采蘩》是《诗·召南》中的一篇，蘩即白蒿，叶薄物轻，用来进献或助祭，不求其礼厚，求其讲信义。以上两句写为宾主的相互信任而高兴。　⑪四牢：牢是祭祀或宴享时用的牺牲，用牛、羊、豕(猪)各一为一牢。侯伯初见时用四牢。折俎(zǔ)：把牺牲解体折盛在俎内。俎是盛牺牲的礼器。　⑫三献：三次献酒，表示敬重，这是聘礼的礼仪。罍(léi)：酒器。形似壶。樽(zūn)：酒器。以上两句写受到隆重接待。　⑬无境外：指无境外之交。《礼记·郊特牲》："为人臣者无外交，不敢贰君也。"意思是说臣子忠于其君，没有命令不得到境外去私自会见诸侯，进行国与国之间的外交活动。　⑭此言：指此次会谈。以上两句是说，很高兴有这次出访机会。　⑮殊阻：大的阻隔，差别悬殊。　⑯山河：指疆土。以上两句是说，两国风俗不同，又有山河阻隔。　⑰旅南馆：指所受礼遇优厚。《北史·艺术传》载，徐之才精通医术，兼有机辩，北魏孝明帝孝昌二年(526年)，征至洛阳，敕居南馆，礼遇甚优。　⑱祭西门：指敬畏东魏。《史记·田敬仲完世家》载，齐威王说他有吏名黔夫，使他守徐州，则燕人祭北门，赵人祭西门。意思是说燕、赵敬畏黔夫，祭以求福。以上两句承上而来，是说因为两国相隔遥远，如果不是这次出使，我们没有机会受到如此隆重的礼遇,我国也因出于敬畏而遥祭魏国,以求免于战祸。 ⑲眷然:留恋的样子。 ⑳凤期:早就有的期待。幸:希望。这首诗写奉命出使东魏,在邺受到隆重接待,既表示感谢,又期望两国永远友好相处。

翻译

贵国派出使者来修好邦交,
我们邻国间从此和睦相亲。
肩负使命进入贵国的土地,
只为向陛下报告订约的诚心。
一路上西行吃尽风霜雨露之苦,
再北上又饱尝翻越镮辕的苦辛。
来到贵国结识了许多王公大臣,
以礼相待的还有不少皇族王孙。
我不能不礼赞庭前的好树,
欣幸我国已赢得贵国的信任。
很感谢能得到四牢之礼的款待,
三次敬酒更表明了主人的热忱。
作为臣下不可能私自出国交往,
若非出使如何能有现在的欢欣。
我们两国的风俗相去悬殊,
至于山河阻隔尤不必细论。

不到贵国就不会有旅居南馆的荣幸，
我国的敬意也只能遥祭贵国的西门。
在告别之际我们深感留恋不舍，
希望两国按照一贯的愿望友好共存。

乌夜啼

《乌夜啼》属乐府清商曲中的《西曲歌》，相传由南朝宋刘义庆首创。宋文帝元嘉十七年（440年），司徒刘义康擅权，被文帝谪为江州刺史，出镇豫章，道经江州，与原任江州刺史刘义庆相见而哭，文帝欲召义庆追究，义庆大惧，有妓夜闻乌鸦啼叫，以为明日当遇赦，第二天早晨，义庆果然奉命改为南兖州刺史，因而作此歌（见吴兢《乐府古题要解》）。这个诗题所写的多是离愁别恨，庾信这首诗自然也不例外。现在的梁简文帝、梁刘孝绰集中均有《乌夜啼》之作，推测庾信此首亦作于梁朝，属于早作之列。清刘熙载在《艺概》中说："庾子山《燕歌行》开唐初七古，《乌夜啼》开唐七律。"可见这首诗在诗歌格律的发展上曾起过重要的作用。

促柱繁弦非《子夜》①，歌声舞态异《前溪》②。
御史府中何处宿③，洛阳城头哪得栖④？
弹琴蜀郡卓家女⑤，织锦秦川窦氏妻⑥。
讵不自惊长泪落⑦，到头啼乌恒夜啼⑧。

① 促柱:柱是琴上张弦的木柱,柱促则音高。繁弦:多弦共弹,其音急。子夜:指《子夜歌》《子夜四时歌》等南朝流行的乐府民歌。相传《子夜歌》起于晋,由女子名子夜者所造。 ② 前溪:指《前溪歌》,晋车骑将军沈玩制,是一首舞曲。 ③ 御史府:《汉书·朱博传》载,汉成帝时,何武为御史大夫,府中有柏树,野乌数千宿其上,晨去昏来,号朝夕乌。后数日不来,人们认为何武当解职。 ④ 洛阳城:今属河南。《续汉书·五行志》载,汉桓帝时,有乌鸦栖洛阳城头,有童谣说:"城上乌,尾毕逋。公为吏,子为徒。" ⑤ 卓家女:指卓文君。《史记·司马相如传》载,临邛(今四川邛崃)富人卓王孙有女文君新寡,好音律,相如以琴相挑,文君夜间投奔相如,相如与文君同归蜀郡成都(今属四川)。又《西京杂记》载,相如将聘茂陵人女为妾,文君作《白头吟》以自绝,相如乃止。 ⑥ 窦氏妻:指苏氏(《璇玑图诗序》作苏蕙,字若兰)。《晋书·窦滔妻苏氏传》载,前秦苻坚时,窦滔为秦州刺史,被徙流沙(在今新疆境内),其妻苏氏思念之,织锦为回文诗以赠滔。 ⑦ 讵(jù):难道。 ⑧ 恒:常。这首诗因题命意,借乌鹊失巢夜啼之悲,喻思妇别离孑立之苦,中间四句用典贴切而意蕴深婉。

翻译

弦高调急却不同于《子夜歌》,
歌润舞媚也有别于《前溪曲》。

乌夜啼

御史府飞走的乌鹊往何处借宿，
洛阳城头又岂能立命安栖？
譬如弹琴诉怨的卓文君，
织锦相思的窦滔妻；
她们听到乌鹊夜啼能不惊心落泪，
而到头来失巢的乌鹊总要夜夜悲啼。

燕歌行

庾信在江陵有集三卷,已毁于梁元帝承圣三年(554年)的战火。这篇乐府诗约作于承圣二年前后,是江陵时期仅存的硕果。《周书·王褒传》说:"褒曾作《燕歌行》,妙尽关塞寒苦之状,元帝及诸文士并和之,而竞为凄切之词。"元帝的和诗连同王褒的原作今仍可见,庾信此篇也即是当日的一篇酬作。稍作比较便会发现,无论情致的委曲,还是笔法的开合,庾作都远胜过他人一筹。三国时曹丕首创《燕歌行》二首,"言时序迁换,行役不归,妇人怨旷无所诉"(《乐府解题》),它们成了我国完整的七言诗的开端。庾信继承曹丕的传统,扩充篇幅,调谐声律,又开启了唐初七古的先河,"四杰"如卢照邻《长安古意》、骆宾王《帝京篇》,无不由此而出。

代北云气昼昏昏①,　千里飞蓬无复根②。
寒雁邕邕渡辽水③,　桑叶纷纷落蓟门④。
晋阳山头无箭竹⑤,　疏勒城中乏水源⑥。
属国征戍久离居⑦,　阳关音信绝能疏⑧。
愿得鲁连飞一箭,　持寄思归燕将书⑨。

渡辽本自有将军， 寒风萧萧生水纹⑩。
妾惊甘泉足烽火⑪， 君讶渔阳少阵云⑫。
自从将军出细柳⑬， 荡子空床难独守⑭。
盘龙明镜饷秦嘉⑮， 辟恶生香寄韩寿⑯。
春分燕来能几日， 二月蚕眠不复久⑰。
洛阳游丝百丈连⑱， 黄河春冰千片穿⑲。
桃花颜色好如马⑳， 榆荚新开巧似钱㉑。
蒲桃一杯千日醉㉒， 无事九转学神仙㉓。
定取金丹作几服㉔， 能令华表得千年㉕。

① 代北：泛指今山西恒山及河北小五台山以北地区。战国时赵武灵王置代郡，治代县（今河北蔚县西南）。　② 飞蓬：蓬草秋枯根断，遇风则飞旋。以上两句写北方边塞荒凉景象。　③ 邕邕：同"噰噰"，雁鸣声。辽水，今辽河，在辽宁。　④ 蓟门：春秋战国时，燕国都蓟（今北京市西南），这里指蓟都的城门。三国魏曹植《艳歌行》："出自蓟北门，遥望胡地桑。"以上两句写燕地苦寒。　⑤ 晋阳：指晋阳邑，在今山西太原市西南。《史记·赵世家》载，晋智伯率韩、魏攻赵，赵襄子退保晋阳，有天使送给襄子两节竹子，剖开后，内写反灭智伯的日期，后来联合韩、魏，果灭智氏。　⑥ 疏勒：今新疆喀什。《后汉书·耿恭传》载，汉明帝时，耿恭据守西域疏勒城，匈奴来攻，绝其水道，恭于城中穿井十五丈，不得水，整衣拜祷，泉水喷涌而出。以上两句写边塞战况艰难。　⑦ 属国：附属国，汉代于边郡皆置属国。

⑧阳关:在今甘肃敦煌市西南。绝:极,非常。以上两句写远戍边地,日久音信隔绝。 ⑨"愿得"二句:《史记·鲁仲连传》载,战国时,燕占齐聊城,齐将田单久攻聊城不下,齐人鲁仲连便写信劝燕将撤兵或降齐,并用箭把信射入城中,燕将见信而泣,三日不能决,终于自杀。"鲁连"即鲁仲连。这两句是思妇之词,希望能让征夫撤兵归来。 ⑩"渡辽"二句:《汉书·昭帝纪》:"(元凤三年)冬,辽东乌桓反,以中郎将范明友为度辽将军,将北边七郡郡二千骑击之。" ⑪甘泉:指汉甘泉宫,在今陕西淳化县甘泉上。《汉书·匈奴传》载,汉文帝时,匈奴入代郡,烽火直通甘泉、长安。 ⑫渔阳:战国时燕置渔阳郡,治渔阳县(今北京密云县西南)。以上四句插叙夫妇离别的原因是因为战争。 ⑬细柳:在今陕西咸阳市渭河北岸,汉文帝时遣周亚夫驻军于此,以防匈奴。见《史记·绛侯世家》。 ⑭荡子:远行在外游荡不归的人。《古诗十九首》:"昔为倡家女,今为荡子妇。荡子行不归,空床难独守。" ⑮饷(xiǎng):馈赠。秦嘉:字士会,陇西(今甘肃临洮)人。汉桓帝时,以上计掾入洛,为黄门郎,其妻徐淑在家,有《赠妇诗》:"一别怀万恨,起坐为不宁。何用叙我心,遗思致款诚。宝钗好耀首,明镜可鉴形。"见《玉台新咏》卷一。 ⑯辟恶:指麝香,能辟除恶气。韩寿:晋尚书令贾充召韩寿为司空掾,寿与充女贾午私通,当时充家有武帝赏赐的西域奇香,一著人经月不消,午盗以与寿,寿同僚闻其香,告于充,充秘而不宣,以午妻寿。见《晋书·贾谧传》。以上两句写夫妇两地相思。 ⑰"春分"二句:写良辰苦短,青春易逝。蚕眠:蚕四次蜕皮始作蚕成蛹,每次蜕皮前不食不动,状如眠。 ⑱游丝:蜘蛛或其他虫类所吐的丝,在空中飘荡,称为游丝。 ⑲穿:破裂。 ⑳马:指桃花马,白毛红

点,形似桃花。㉑榆荚:榆树的果实。榆未生叶前先生荚,色白成串,形似钱而小,一名榆钱。㉒蒲桃:同"葡萄",这里指葡萄酒。千日醉:《博物志》卷五载,西域有葡萄酒,醉弥月乃解。又卷十载,刘玄石于中山酒家酤酒,一醉千日。㉓九转:指烧炼金丹。转,循环变化。见《抱朴子·金丹》。㉔金丹:古代方士烧炼金石为药,认为服之可长生延年。㉕华表:古代立于陵墓前的木柱。《搜神记》卷十八:"世传燕昭王墓前华表木,已经千年。"以上八句即景抒怀,谓不可辜负大好春光,莫如饮酒修仙,以求长生无忧。这首诗写妇人离思之苦,表达了人们怨恨战争的情绪。

翻译

代北的天气白昼也显得昏昏沉沉,
随风千里飞旋的蓬草已不再有根。
寒风中的大雁鸣叫着飞渡辽水,
蓟都门外的桑树在秋天里落叶纷纷。
被困晋阳的军队无人送去救援之计,
坚守疏勒城的耿恭也被截断了水源。
离家远戍边郡属国已经很久,
遥隔阳关音信最易中断稀疏。
但愿能像鲁仲连成功地射去一箭,
使守城的人能见到劝其回乡的情书。
本来边境上专派有渡辽作战的将军,

他们迎着萧萧的寒风驻守在水滨。
为何边境的烽火还是逼近了王宫,
是不是渔阳一带缺少御敌的兵阵。
自从你随军出征去了细柳营,
我独坐闺房委实凄苦难守。
你当学秦嘉寄来明镜表相思,
我也要学贾午献上奇香给韩寿。
春燕归来的美好日子就要来了,
二月里蚕眠的时间也不会长久。
洛阳的春天到处飘拂着游丝,
黄河里的春冰溶化成了碎片。
盛开的桃花胜过白毛红点的宝马,
满树的榆荚巧得像串串新铸的铜钱。
不如去饮一杯葡萄酒换来千日醉,
或者为了长生去学炼丹的神仙。
若能取得金丹作为几次服食,
定能像千年矗立的华表永享天年。

和灵法师游昆明池二首

　　灵法师不知为何许人,庾信还有一篇《送灵法师葬》,可知二人交谊非浅。昆明池在今陕西西安市西南沣水和潏水之间,这足以证明诗作于入北以后。通观这两首诗的构思,可以说它们最突出的艺术特色即长于雕琢,句则俪偶对切,字则精丽圆妥,这一点又证明早年的结习尚未及改变,因而它们或许是庾信初至长安时的作品。

游客重相欢①,连镳出上兰②。
值泉倾盖饮③,逢花驻马看。
平湖泛玉轴④,高堰歇金鞍⑤。
半道闻荷气⑥,中流觉水寒⑦。

---

① 重:看重。欢:指欢聚作乐。　② 连镳(biāo):两骑并接。镳是马嚼子。上兰:汉代的上林苑中有上兰观。见《三辅黄图》。这两句说离开了长安城。　③ 倾盖:停车。盖,车盖。本指行道相遇,停车而语,车盖相接。《孔丛子》:"程生反自郯,遭孔子于途,倾盖而顾,相语终日,甚相亲也。"　④ 玉轴:华丽的大船。轴,同"舳(zhú)"。

⑤ 堰(yàn):堤坝。　⑥ 荷气:荷花的香气。　⑦ 中流:半渡,渡程的中间。以上为第一首,写出游途中的情景。

翻译

游伴们都喜欢快乐的聚会,
我们并驾齐驱离开了上兰。
碰到美泉就停车畅饮,
看见好花便下马赏玩。
只见平湖上游弋着大船,
高坝上的车马金光耀眼。
船行能闻到荷花的香气,
来到湖中间只觉得寒意扑面。

秋光丽晚天①,**鹢舳泛中川**②。
密菱障浴鸟③,**高荷没钓船**④。
碎珠萦断菊⑤,**残丝绕折莲**⑥。
落花摧斗酒⑦,**栖鸟送一弦**⑧。

---

① 丽晚天:使晚霞更华美。　② 鹢(yì)舳:船首画有鹢鸟的大船。鹢是一种水鸟,善于飞翔。　③ 障:遮蔽。　④ 没:掩盖。　⑤ 碎

珠:指露珠。 ⑥残丝:荷梗断而有丝相连。 ⑦落花:用花行令酒,花落谁家谁饮酒。斗:盛酒器。 ⑧栖乌:回巢的乌鹊。古乐府有《乌栖曲》。一弦:指一弦琴。《高士传》载,孙登隐于苏门山,弹一弦琴。以上为第二首,写池上游乐,泛舟荷丛,饮酒弹琴。

翻译

秋色映衬得晚霞愈加明艳,
画有鹢鸟的船荡漾在水面。
稠密的菱花护卫着水鸟,
挺拔的荷叶遮住了渔船。
露珠还萦绕着断落的菊花,
藕丝仍连通着折损的红莲。
传花行酒催人举杯畅饮,
仰视归鹊油然拨动起琴弦。

寄王琳

王琳字子珩，梁元帝时为将帅，平侯景有功。西魏围江陵，元帝自岭南征琳赴援，授湘州刺史，军至长沙而江陵陷，乃为元帝举哀。梁敬帝时，不受命，割据一方。公元557年，陈代梁，琳移湘州军府至江陵，立梁永嘉王萧庄为帝，与陈对抗。560年，琳东下芜湖，为陈所败，与萧庄奔齐。573年，陈将吴明彻攻齐，琳兵败被杀。在庾信心目中，王琳这样的人是与梁朝的命运联系在一起的，其成足以喜，其败足以哀。所以，当他一旦得到王琳有所作为的消息，势必热泪盈眶。可以断言，王琳的来信发自江陵，内中言及东下灭陈复梁之意，庾信捧读来信，心已飞向了"金陵"，因而愈增故国迢递之悲。如果此说成立，则这次通信赠诗应发生在公元560年以前。至于这首诗的艺术成就，《古诗源》的八字评语足以概括，即"造句能新，使事无迹"。

玉关道路远①，金陵信使疏②。
独下千行泪③，开君万里书④。

① 玉关:玉门关,在今甘肃敦煌市西。《后汉书·班超传》载,班超于永平十六年(73年)率军赴西域,至永元十二年(100年),"自以久在绝域,年老思乡",遂上疏请归,疏中说:"臣不敢望到酒泉郡,但愿生入玉门关。"庾信在这里暗用其事,以自己羁旅长安比班超"久在绝域",所以说"玉关道路远"。　② 金陵:即梁朝故都建邺(今江苏南京)。疏:稀疏。　③ 千行泪:梁王僧孺《中川长望》:"故乡相思者,当春爱颜色。独写千行泪,谁同万里忆。"　④ 君:指王琳。万里书:从远方寄来的信。

翻译

身在玉门关外道路竟如此遥远,
翘望故都金陵音信又何等稀疏。
我现在激动地流下千行热泪,
只因为拜读了您万里寄来的手书。

重别周尚书

　　周尚书名弘正,当梁元帝时,与庾信同朝为臣,职官也相近。江陵陷时,弘正遁围而出,梁敬帝用为都官尚书。天嘉元年(560年),周、陈通好,周弘正作为陈使来到长安,请求接回留在长安的安成王陈顼(即陈宣帝),翌年,周人许归,至三年春正月成行。弘正在长安居留二年之久,庾信与之过从必甚亲密,因而送别之日,先后作诗三题四首之多。其《送别周尚书弘正二首》当是得知南归消息时所写,《别周尚书弘正》一首当是饯席上所作,而这篇《重别周尚书》则是送别归来,转思己身遭遇,再借送行为题,以写未尽之意。诗中不伤行人远别,而叹己之不归,与其说是送人,不如说是自遣。因此,清沈德潜说:"从子山时势地位想之,愈见可悲。"(《古诗源》卷十四)

阳关万里道①,不见一人归②。
惟有河边雁③,秋来南向飞④。

---

① 阳关:在今甘肃敦煌市西,汉朝时地属边陲,这里代指长安。万

里:指长安与南朝相去甚远。 ②一人:庾信自指。上二句感叹久客长安,至今不能南归。 ③河:指黄河。 ④南向:向南。下二句以秋雁南飞寄寓自己回归故国的愿望。

翻译

阳关与故国相隔万里之遥,
年年盼望却至今不能南归。
唯有黄河岸边南来的大雁,
秋天一到仍可以自由南飞。

拟咏怀二十七首

赋则《哀江南》，诗则《拟咏怀》，这是庾信作品中并峙的双峰。论其成就，前者穷态尽妍，老而更成；后者刮除丽藻，仗气振奇。二十七首大抵作于北周保定三年（563年）至四年之间，庾信时任陕州弘农郡（今河南灵宝市北）守，羁旅北朝已达十年之久。阮籍作《咏怀》诗，正当魏晋易代之际，今存八十二首五言诗，无非感慨祸福无常，唯恐罹谤遇祸，对时事有所讥刺，亦多隐晦曲折。庾信的拟作，慨身世而痛家国，颇有郁愤不平之气，但碍于当时处境，亦多借用咏史和比兴的手法，朴直凄壮处较阮诗似有过之，并非仅仅是拾人唾余的蹈袭之作。

其 一

步兵未饮酒①，中散未弹琴②。
索索无真气③，昏昏有俗心④。
涸鲋常思水⑤，惊飞每失林⑥。
风云能变色⑦，松竹且悲吟⑧。
由来不得意⑨，何必往长岑⑩。

① 步兵：指阮籍。三国魏文学家，嗜酒，能啸。听说步兵营人善酿酒，有贮酒三百斛，乃求为步兵校尉，纵酒昏酣，以避现实。史称阮步兵。见《三国志》裴注引《魏氏春秋》。　② 中散：指嵇康。与阮籍同时，长于弹琴咏诗，曾任中散大夫。后在政争中遭谗，被司马昭所杀。临刑，奏《广陵散》一曲，从容赴死。《晋书》卷四十九有传。以上两句是说，自己不能像阮、嵇那样饮酒弹琴，超然世外。　③ 索索：落寞的样子。真气：存养本性。　④ 昏昏：迷乱的样子。以上两句是说，不能保持天性而拘于俗务。　⑤ 涸鲋(fù)：困在干涸的车辙中的鲫鱼。《庄子·外物》载，庄周向监河侯借粟，侯要他等待，他说："在我来的路上见车辙中有鲋鱼（鲫鱼），要求斗升之水以活命。"

⑥ 惊飞：指因受伤而惊飞的鸟。《战国策·楚策》载，更嬴(léi)只开弓弦不用箭就射下了头上飞过的一只大雁，问他是怎么回事，回答说："这只雁受过箭伤，惊心未去，听到弓弦声，奋翅高飞，旧疮复发而死。"以上两句喻自己的处境如失水之鱼、失巢之鸟。　⑦ 变色：变幻无常，喻朝代变易，这里指江陵失陷。　⑧ 松竹：经冬不凋，喻节操坚贞的人。以上两句是说，遭逢国破，屈节仕周，良可悲哀。　⑨ 由来：从来。　⑩ 长岑：汉属乐浪郡，在今朝鲜境内。《后汉书·崔骃传》载，车骑将军窦宪擅权，崔骃屡谏不听，反将骃出为长岑令，骃不愿赴任，卒于家。参见《小园赋》"崔骃以不乐损年"句注。以上两句是说，仕周本非所愿，又何必计较出为弘农郡寺。

翻译

不能像阮步兵那样放达饮酒,

不能像嵇中散那样从容弹琴。

无法默默存养纯真的天性,

只得沉迷于世俗功利之心。

干涸的鲫鱼时时盼着救命的水源,

受惊的飞鸟每每丧失归宿的树林。

不测的风云突然会发生变幻,

不屈的松竹也因随风倾倒而悲吟。

我留在北朝从来就不出于本愿,

现在又何必计较外出赴任到长岑。

其 二

赭衣居傅岩[①], 　垂纶在渭川[②]。

乘舟能上月[③], 　飞檐欲扪天[④]。

谁知志不就[⑤], 　空有直如弦[⑥]。

洛阳苏季子, 　连衡遂不连[⑦]。

既无六国印, 　翻思二顷田[⑧]。

[①] 赭(zhě)衣:赤褐色的衣服。这里指囚徒所穿的用赤土染成的囚

服。傅岩：相传是傅说做苦役的地方，在今山西平陆县东。《史记·殷本纪》载，说于傅岩之野，武丁访得，举荐为相。因为得说于傅岩，故以傅为姓，称傅说。　②垂纶：垂丝线钓鱼。渭川：即渭水。《史记·周本纪》载，吕尚（姜子牙）在渭水钓鱼，周文王出猎而相遇，尊为师尚父，后佐武王伐纣。以上两句追忆在梁时受到元帝的重用。③"乘舟"句：《竹书纪年》："伊挚（即商相伊尹）将应汤命，梦乘舟过日月之旁。"　④飞幰（xiǎn）：飞车，设有障幔的车称幰车。扪（mén）：触摸。以上两句是说志向高远。　⑤就：达到。　⑥直如弦：直道而行如弓弦。《后汉书·五行志》载，顺帝时童谣："直如弦，死道边；曲如钩，反封侯。"以上两句是说壮志未酬而身临绝境。⑦"洛阳"二句：《战国策·秦策》载，苏秦字季子，洛阳（今属河南）人。开始时用"连衡"（指楚、燕、齐、韩、赵、魏六国联合事秦）说秦惠王，不被接受，于是往说六国"合纵"抗秦。这里比喻自己出使西魏，类似连衡事秦，但西魏军破江陵，结果是连衡不连。　⑧"既无"二句：苏秦游说六国合纵抗秦，佩六国相印，为纵约长，曾感叹说："且使我有洛阳负郭田二顷，岂能佩六国相印乎？"（见《史记·苏秦传》）这里是说，自己既无能力连衡，又无能力合纵，不如当初在家安分守己，何必要出仕梁朝呢，有悔恨自责的意思。

翻译

中兴商朝的傅说曾待罪在傅岩下，
辅佐周朝昌盛的吕尚曾垂钓于渭川。
他们的志向高可乘船贯通日月，

大可飞车遍览九天。
谁料到壮志竟不能实现,
空有一腔忠心耿耿的宏愿。
洛阳又有个游说秦王的苏秦,
他的连衡说最终遭到破产。
当他的合纵说也告失败的一天,
他慨叹不如当初安分守己在田园。

其 三

俎豆非所习①, 帷幄复无谋②。
不言班定远, 应为万里侯③。
燕客思辽水④, 秦人望陇头⑤。
倡家遭强聘⑥, 质子值仍留⑦。
自怜才智尽, 空伤年鬓秋⑧。

---

① 俎豆:俎是置肉的几,豆是盛肉食的器皿,二者都是古代宴客、朝聘、祭祀时用的礼器。借指礼仪之事。《论语·卫灵公篇》:"俎豆之事,则尝闻之矣;军旅之事,未之学也。" ② 帷幄(wò):军中的帐幕,借指军事谋略。以上两句自谦文武全无所能。 ③ "不言"二句:班定远即班超,东汉名将。少有大志,相者曾说他"生燕颔虎颈,飞而食肉,此万里侯相也",后出使西域,为西域都护,封定远侯,居

西域三十一年,汉和帝时,年老代还。《后汉书》卷四十七有传。万里侯:在万里之外封侯。这两句伤己出使不归。　④燕客:指荆轲。卫人荆轲,游于燕,为燕太子丹客,愿为丹报仇,入秦刺秦王,丹送他至易水,荆轲作歌:"风萧萧兮易水寒,壮士一去兮不复还。"辽水:即今辽河,燕有今河北、辽宁地,故此处可代指易水。　⑤陇头:即陇山、陇坂,在今陕西陇县与甘肃清水县之间。乐府民歌有《陇头歌辞》:"陇头流水,鸣声呜咽。遥望秦川(泛指今陕、甘秦岭以北渭水平原),心肝断绝。"参见《哀江南赋》"莫不闻陇水而掩泣"句注。以上两句是说羁旅思乡。　⑥倡家:歌伎。聘:订婚,迎娶。　⑦质子:人质。古代国家间订盟,常把王子派往他国作为抵押。以上两句自比不欲出仕魏、周,遭强聘留质。　⑧"自怜"二句:慨叹老于北地。庾信此时五十一二岁,"年鬓秋"指鬓发已白。

翻译

礼仪之事非我所长,
运筹帷幄又缺少计谋。
本不该像班超那样出使,
更不该希望在万里之外封侯。
现在如同入秦的荆轲一样思念易水,
又如同陇头的行人一样怀乡生愁。
我就像是被人强迫聘娶的歌伎,
又像是作抵押的人质至今仍遭扣留。

可怜我一生的才智都快耗尽了,
只能徒然哀叹自己变成了老头。

其 四

楚材称晋用①,　秦臣即赵冠②。
离宫延子产③,　羁旅接陈完④。
寓卫非所寓⑤,　安齐独未安⑥。
雪泣悲去鲁⑦,　凄然忆相韩⑧。
惟彼穷途恸,　知余行路难⑨。

---

① 楚材:楚国的木材。借指人才。《左传》襄公二十六年:"如杞、梓、皮革,自楚往也。虽楚有材,晋实用之。"　② 赵冠:赵惠文王冠,即武冠。《续汉书·舆服志》载,侍中、中常侍所戴的武冠加黄金珰,貂尾为饰,称赵惠文王冠。秦灭赵,以赵王冠赐近臣。以上两句自伤本为梁臣而仕于北朝。　③ 子产:春秋时期的著名政治家,郑国人。《左传》襄公三十一年载,子产陪同郑简公访晋,晋人为他们安排的住处很差,子产让人把客舍的围墙拆除,以便车马出入,晋侯派人责问子产,子产批评他们作为盟主,如此招待宾客不礼貌,于是晋侯很好地接待他们,还特别兴建了接待诸侯的馆舍。　④ 陈完:陈公子完,厉公之子。《左传》庄公二十二年载,陈人杀太子御寇,公子完逃亡到齐国,齐侯用陈完为卿,陈完说:"羁旅之臣,岂敢为卿以辱高

位。"于是用他为工正。以上两句是说在北朝受到优待。 ⑤寓卫：用黎侯事。《诗·邶风·旄丘》毛序："狄人迫逐黎侯,黎侯寓于卫。" ⑥安齐：用重耳事。《左传》僖公二十三年载,晋公子重耳出亡到齐国,齐桓公为他娶妻,重耳安于齐国的生活,跟随的人认为这样不行,要他离去。以上两句是说不愿留仕北朝。 ⑦去鲁：用孔子事。《韩诗外传》："孔子去鲁（离开鲁国）,迟迟乎其行也（迟迟不想离开）。"晋潘岳《西征赋》："丘（孔子）去鲁而顾叹,季（刘邦）过沛而涕零。伊故乡之可怀,疚圣达之幽情。" ⑧相韩：用张良事。《史记·留侯世家》载,张良父祖五代相韩,"韩破,良家僮三百人,弟死不葬,悉以家财求客刺秦王,为韩报仇"。以上两句是说当年父子仕梁,实不忍离别江南父母之邦。 ⑨"惟彼"二句：喻身处困境,无路可走。《魏氏春秋》（《三国志》裴注引）载,阮籍常常独自驾车随意乱走,遇到走不通的地方就痛哭而返。

翻译

楚国的人才正适合晋国使用,
秦国的臣子却戴上了赵国的武冠。
晋国的行宫延请来郑国的子产,
齐国人重用了旅居在外的陈完。
寓居卫国本来就不是出自黎侯的心愿,
安享齐国的款待也使晋公子重耳深感不安。
可怜的孔子挥泪离别了鲁国,

想到五世相韩的张良一家也令人伤感。

只有那个穷途而哭的阮籍,

才懂得我现在处境的艰难。

其　五

惟忠且惟孝，　为子复为臣①。

一朝人事尽，　身名不足亲②。

吴起尝辞魏③，　韩非遂入秦④。

壮情已消歇，　雄图不复申⑤。

移住华阴下，　终为关外人⑥。

---

①"惟忠"二句：上句说庾氏忠孝传家，下句说己为庾氏之子，梁朝之臣。参见《哀江南赋》"奉立身之遗训，受成书之顾托。昔三世而无惭，今七叶而始落"句注。　②"一朝"二句：指忠孝之事既无从谈起，生命与名声也不值得看重了。人事：人力所能及的事。　③吴起：战国时军事家。闻魏文侯贤明，往归魏，拜西河守，屡建战功。魏文侯死后，魏相公叔谮毁吴起，吴起辞魏武侯而至楚为相。《史记》卷六十五有传。　④韩非：战国时思想家。本韩国人，韩王不能用。非著《孤愤》《五蠹》等十余万言，秦王见其书而思其人，急攻韩，韩乃遣韩非使秦。《史记》卷六十三有传。以上两句自比出使西魏。　⑤"壮情"二句：指不能为梁朝报仇。申：同"伸"，伸展。　⑥"移

住"二句：指以羁留北朝为耻。华阴下：华山以北地区，这里代指弘农郡。关外：函谷关以外。战国时秦置函谷关，在今河南灵宝市东北，西汉移治今河南新安县东。《汉书·武帝纪》应劭注："时楼船将军杨仆数有大功，耻为关外民，上书乞徙东关，以家财给其用度。武帝意亦好广阔，于是徙关于新安，去弘农三百里。"北周弘农郡的治所在秦函谷关城。地在汉函谷关内，庾信出守弘农本在关内，这里说"终为关外人"，是指人未出关而心已出关，表示自己对关内北周王朝心存芥蒂，仍然不忘梁朝故国。

翻译

庾氏家族以忠孝传家，
我本是庾氏的孝子和梁朝的忠臣。
现在忠孝之事都已成为过去，
生命与名声也已不再值得亲近。
当年离开江陵犹如吴起辞别魏国，
出使西魏更像韩非被遣入秦。
而今壮烈的情怀已经消散，
为梁报仇的心愿也已不存。
出守弘农虽然身在关内，
但我感到是属于关外的人。

其 六

畴昔国士遇①，　　生平知己恩②。

直言珠可吐③，　　宁知炭欲吞④。

一顾重尺璧⑤，　　千金轻一言⑥。

悲伤刘孺子⑦，　　凄怆史皇孙⑧。

无因同武骑，　　归守灞陵园⑨。

---

① 畴(chóu)昔：从前。指在梁朝时。国士：一国之中的优秀人才。
② 知己：了解自己的人。《战国策·赵策》："士为知己者死。"以上两句是说梁对己有知遇之恩。　③ 直：仅，只是。珠可吐：用隋侯救治伤蛇，蛇衔珠相报事。参见《哀江南赋》"隋岸蛇生而珠死"句注。
④ 宁知：岂知，不知。炭欲吞：用豫让为智伯报仇事。《战国策·赵策》载，豫让事智伯，受到国士的待遇，后赵襄子与韩、魏合谋灭智伯，豫让改名换姓为刑人，漆身为癞以变其容，吞炭为哑以变其音，行刺赵襄子不果，伏剑自杀。以上两句是说欲报知遇之恩。
⑤ "一顾"句：用蔺相如完璧归赵事。参见《哀江南赋》"荆璧睨柱，受连城而见欺"句注。　⑥ "千金"句：用季布事。《史记·季布传》载，季布任侠，重然诺，当时谚语说："得黄金百，不如得季布一诺。"以上两句自责出使西魏被欺，未能报梁恩。　⑦ 刘孺子：汉平帝元始五年（5年），王莽杀平帝，立汉宣帝玄孙刘婴为皇太子，号孺子，年二岁。三年后，王莽篡帝位，废孺子为定安公。见《汉书·王莽传》。

⑧ 史皇孙：汉武帝子刘据（戾太子）纳史良娣，生史皇孙，后有巫蛊之狱，刘据自杀，良娣、皇孙并遇害。见《汉书·宣帝纪》。以上两句哀悼梁亡，以刘孺子喻梁敬帝，敬帝在位三年被陈霸先所代，废为江阴王；以史皇孙喻梁简文帝、梁元帝诸子，他们多在金陵、江陵败亡中被杀。 ⑨"无因"二句：汉景帝时，司马相如为武骑常侍。汉武帝时，相如拜孝文园令。见《汉书·司马相如传》。汉文帝葬灞陵（今陕西西安市东北），故称孝文园为灞陵园。这里是说无法同司马相如，自己本梁臣却不能归守梁帝之陵。

翻译

从前在梁朝曾受到国士般的待遇，
我一生都感激这知己隆恩。
只知道平日里应该衔珠相报，
却不知国难当头还应像豫让一样吞炭变音。
这里重璧轻信使我不能完成出使使命，
我报答梁恩的诺言也变得轻于千金。
我为刘孺子（梁敬帝）的被废而悲愤，
又为史皇孙的遇害而伤心。
只恨自己不能同司马相如一样，
回归江南去守护梁帝的陵寝。

其 七

榆关断音信①，　汉使绝经过②。

胡笳落泪曲，　羌笛断肠歌③。

纤腰减束素，　别泪损横波④。

恨心终不歇，　红颜无复多⑤。

枯木期填海，　青山望断河⑥。

① 榆关：等于说"榆塞"，泛指边塞。《汉书·韩安国传》："垒石为城，树榆为塞。"古时北方边塞多种榆树。　② 汉使：汉朝使者，这里借喻南朝使者。以上两句是说听不到江南故国的消息。　③ "胡笳"二句：指听到当地音乐而为之落泪断肠。"胡笳""羌笛"都是古代北方民族的乐器。　④ "纤腰"二句：指因为思乡而消瘦，甚至哭坏了眼睛。束素：一束白绢。战国宋玉《登徒子好色赋》："腰如束素。"横波：比喻眼神流动如水波。汉傅毅《舞赋》："目流睇而横波。"这里指眼。　⑤ "恨心"二句：指无尽哀怨催人老。红颜：代指青春年华。　⑥ "枯木"二句：指南归无望。填海：用精卫鸟衔西山木石以填海事。见《哀江南赋》"岂冤禽之能塞海"句注。

翻译

边塞阻断了家乡的音信，

拟咏怀二十七首

南朝的使者也绝不从这里经过。
胡笳传来的是催人落泪的悲调，
羌笛吹奏的是闻之肠断的哀歌。
思乡的痛苦使我的腰身愈发消瘦，
离别的泪水损害了我明亮的眼波。
愁恨的情绪始终不能平息，
年华流逝所剩已不会太多。
南归的希望如精卫衔木填沧海，
除非眼前的青山能够斩断东去的黄河。

其　八

白马向清波①，乘冰始渡河②。
置兵须近水③，移营喜灶多④。
长坂初垂翼⑤，鸿沟遂倒戈⑥。
的卢于此去⑦，虞兮奈若何⑧。
空营卫青冢⑨，徒听田横歌⑩。

---

① 清波：今河南新蔡，战国时楚地，这里代指江陵。参见《哀江南赋》"妾在清波"句注。　② 乘冰：汉光武帝刘秀军至滹沱河，乘冰渡河。参见《哀江南赋》"河无冰而马渡"句注。以上两句用汉光武帝中兴汉室喻梁元帝承制江陵。　③ "置兵"句：《史记·淮阴侯列传》载，

韩信背水为阵,大破赵军,诸将不解,问:按照兵法布阵应该"右倍(背)山陵,前左水泽",今背水为阵何以取胜?韩信回答说:"这叫陷之死地而后生。" ④ "移营"句:《后汉书·虞诩传》载,虞诩与羌人战,停军不进,扬言上书请求援兵,羌人分抄旁县,兵力分散,诩乘机进兵,日夜兼行百余里,并命令吏士各作两灶,每天翻一番,以示兵力日增,羌人遂不敢进逼。以上两句指梁元帝派王僧辩等讨平侯景,在军事上有战绩。 ⑤ 长坂:即长坂坡,在今湖北荆门市西南。建安十三年(208年),曹操自襄阳追击刘备,张飞、赵云拒曹兵于此。按梁元帝与岳阳王萧詧结怨,詧引西魏军来攻江陵,并自襄阳出兵会合。这里当是以长坂喻指此事。参见《哀江南赋》"周含郑怒,楚结秦怨。有南风之不竞,值西邻之责言"数句注。垂翼,犹垂翅,喻挫折。庾信《咏羽扇》:"定似回溪路,将军垂翅归。"这里指江陵之败。 ⑥ 鸿沟:黄淮平原的水道,战国魏惠王时凿,秦末楚汉相争时以此划界,以东属楚,以西属汉。这里当是以鸿沟喻西魏与梁南北对峙。倒戈:倒转矛头攻击己方。这里指萧詧附庸西魏,在江陵称帝。 ⑦ 的卢:凶马。《相马经》:"马白额入口至齿者,名曰榆雁,一名的卢。奴乘客死,主乘弃市,凶马也。" ⑧ "虞兮"句:项羽被围在垓下(今安徽灵璧县东南),兵少食尽,四面楚歌,夜间起来与幸从的美人虞姬饮于帐中,慷慨悲歌:"力拔山兮气盖世,时不利兮骓不逝。骓不逝兮可奈何,虞兮虞兮奈若何!"见《史记·项羽本纪》。以上两句喻梁元帝之死。 ⑨ 卫青:西汉名将,官至大将军,先后七次出击匈奴,屡立战功,解除了匈奴对汉朝的威胁。《史记》卷百十一有传。 ⑩ 田横:秦末,韩信破齐,齐相田横自立为齐王,率从属五百人逃亡海岛。刘邦称帝后招降,横与客二人往洛阳,羞为汉臣,半途自杀,留在岛上的徒众闻横死,亦皆自杀。见《史记·田儋传》。以上两句是说,江陵倾覆,诸臣不能像卫青那样御敌立功,也不能像田横的徒众那样为之死难,有自责之意。

翻译

梁元帝策马西上江陵,

一如后汉光武帝乘冰顺利渡河。

行兵布阵十分精通兵法,

移营增灶的谋略非常之多。

(讨平侯景之乱,开创了中兴大业。)

不料西魏来攻而江陵受挫,

萧詧投靠西魏而同室操戈。

梁元帝从此一去不返,

大势已定又能如何。

只是像我这样的人未能学习卫青御敌立功,

也未能学习田横的徒众以死谱写壮歌。

其 九

北临玄菟郡①, 南戍朱鸢城②。

共此无期别, 俱知万里情③。

昔尝游令尹，　　今时事客卿④。
不特贫谢富，　　安知死羡生⑤。
怀秋独悲此，　　平生何谓平⑥！

---

① 玄菟郡：汉元封三年(前108年)置，治所在沃沮县(今在朝鲜境内)。这里借指北方极远之地。　② 朱鸢城：西汉置朱鸢县，治所在今越南境内。这里借指南方极远之地。　③ "共此"二句：指出使以来如北临玄菟、南戍朱鸢，万里遥遥无归期。　④ "昔尝"二句：指从前在梁为官，今日出仕北朝。令尹：春秋时楚国的宰相称令尹。客卿：战国时期，秦用别国的人在秦做官，其位为卿，待以客礼，称客卿。　⑤ "不特"二句：指不贪生爱富。谢：推辞。　⑥ "怀秋"二句：自伤出仕北朝，心情难以平静。平生：此生。

翻译

好比北上来到玄菟郡，
又像南下戍守朱鸢城。
我同他们一样经历着漫无归期的离别，
都知道离乡万里是什么心情。
我以前在梁朝曾与令尹为伍，
现在在周朝又做了客卿。
其实我不但安于贫穷，

而且并不惧死贪生。

在令人伤感的秋天里我更哀叹自己的命运,

这让我此生又如何获得平静。

其　十

悲歌度辽水①，　弭节出阳关②。

李陵从此去③，　荆卿不复还④。

故人形影灭，　音书两俱绝⑤。

遥看塞北云，　悬想关山雪⑥。

游子河梁上⑦，　应将苏武别⑧。

---

① 辽水:用荆轲入秦刺秦王,燕太子丹于易水饯别事。这里借指易水。参见《拟咏怀》其三"燕客思辽水"句注。　② 弭(mǐ)节:驻车。阳关:在今甘肃敦煌市西南。这里用李陵击匈奴道经敦煌事。③ 李陵:汉武帝时为骑都尉,天汉二年(前99年)出击匈奴,兵败投降,在匈奴二十余年,元平元年(前74年)病死。见《汉书·李广苏建传》。　④ 荆卿:即荆轲。入秦刺秦王,未中,遇害。以上两句自比使魏有去无回。　⑤ "故人"二句:指与江南亲友相隔绝。　⑥ "遥看"二句:指思念故乡。　⑦ 游子:离乡远游的人。河梁:桥梁。这里用李陵送别苏武事。《文选》卷二十九载李陵《与苏武》诗:"携手上河梁,游子暮何之。"　⑧ 苏武:汉武帝时出使匈奴,被留十九年,

汉昭帝与匈奴和亲,始得还国。见《汉书·李广苏建传》。参见《哀江南赋》"李陵之双凫永去,苏武之一雁空飞"句注。以上两句是说,周、陈通好,南朝流寓之士如王克、殷不害等大都回归江南,而自己却仍被留在北方,只能一次次为他人送别。

翻译

荆轲慷慨悲歌告别了易水,
李陵进击匈奴而出兵阳关。
李陵此去永远留在了异域,
荆轲入秦再也未能生还。
从此见不到亲友的影子,
南北阻隔把音信中断。
遥望塞北的云天,
不禁思念故乡的关山。
游子们的每一次河桥送别,
都应像李陵送别苏武那样怅恨不堪。

其十一

摇落秋为气,凄凉多怨情①。

啼枯湘水竹,哭坏杞梁城②。

天亡遭愤战,日蹙值愁兵③。

直虹朝映垒,长星夜落营④。

楚歌饶恨曲,南风多死声⑤。

眼前一杯酒,谁论身后名⑥。

---

①"摇落"二句:隐喻承圣三年(554年)十一月江陵陷落。语本宋玉《九辩》:"悲哉秋之为气也,萧瑟兮草木摇落而变衰。" ②"啼枯"二句:隐喻梁元帝之死。湘水竹,用舜二妃闻舜死,以泪挥竹,竹尽斑之事。杞梁城,用杞梁殖妻哭殖作战而死,城为之堕之事。参见《哀江南赋》"城崩杞妇之哭,竹染湘妃之泪"句注。 ③"天亡"二句:指梁军江陵之败。天亡,用项羽乌江自刎前的愤语:"此天之亡我,非战之罪也。"见《史记·项羽本纪》。愤:怨恨。日蹙:指国土日见缩小。《诗经·大雅·召旻》:"今也日蹙国百里。"愁兵:兵无斗志。 ④"直虹"二句:指梁亡之前的天象征兆。参见《哀江南赋》"直虹贯垒,长星属地"句注。 ⑤"楚歌"二句:指梁朝败亡全出于命运。上句用《汉书·张陈王周传》所载事:汉高祖欲立戚夫人(高祖姬)子为太子而不能,戚夫人泣涕,高祖说:"为我楚舞,吾为若楚歌。"歌数阕,戚夫人歔欷流涕。下句用《左传》襄公十八年所载事:晋国人听到楚国发兵,师旷说:"没有妨害。我屡次歌唱南方的曲调,南方的曲调不强,象征死亡的声音很多。楚国一定不能建功。"南风:南方的曲调。参见《哀江南赋》"有南风之不竞"句注。 ⑥"眼前"二句:叹惋梁朝君臣只顾眼前,缺少远虑,终至败亡。语本《世说新语·任诞》所载事:张季鹰(翰)纵放不拘,曾说:"使我有身后名,不如即时一杯酒。"

翻译

秋天是草木凋零的季节,

凄凉的气氛使人产生许多怨恨之情。

舜的崩亡令二妃啼枯了湘竹,

丈夫战死让杞梁妻哭倒了邑城。

上天要灭梁就降下一场可恨的战争,

国土的不断缩小也使梁朝军队的斗志放松。

白气如虹笼罩着城池,

彗星划过夜空落进了军营。

楚地的歌曲本来就多有悲哀的旋律,

南方的曲调更充满了象征死亡的乐声。

可叹梁朝的君臣只顾眼前的逸乐,

没有人去考虑国家的安危与身后的声名。

其十二

周王逢郑忿[①], 楚后值秦冤[②]。

梯冲已鹤列, 冀马忽云屯[③]。

武安檐瓦震, 昆阳猛兽奔[④]。

流星夕照镜, 烽火夜烧原[⑤]。

古狱饶冤气⑥，　空亭多枉魂⑦。
天道或可问，　微兮不忍言⑧。

---

①"周王"句：春秋时，周、郑为姬姓一家，后来周欲分政于虢(guó)，与郑交恶。见《左传》隐公三年。这里用指梁元帝与岳阳王萧詧结怨。参见《哀江南赋》"周含郑怨"句注。　②"楚后"句：战国时，秦欲离间齐、楚，遣张仪至楚，以"商於之地六百里"诱楚与齐断交，楚绝齐而秦不与土地，于是楚发兵攻秦，秦、齐联和，楚大败。见《史记·张仪传》。这里用指梁与西魏失和，招致西魏发兵来攻江陵。参见《哀江南赋》"楚结秦冤"句注。后：君王。　③"梯冲"二句：指西魏兵临江陵，布阵攻城。鹤列：军阵如鹤立成行。冀马云屯：北方的战马密如云集。参见《哀江南赋》"俄而梯冲乱舞，冀马云屯"句注。　④"武安"二句：指西魏攻城甚急。上句用秦伐韩，在武安(今属河北)西勒兵鼓噪，屋瓦为之震动。参见《哀江南赋》"碎于长平之瓦"句注。下句用王莽派王寻、王邑围昆阳(今河南叶县北)，驱猛兽虎豹犀象之类助威。参见《哀江南赋》"昆阳之战象走林"句注。　⑤"流星"一句：指梁朝当有兵燹之灾。上句用《晋书·天文志》："流星大者曰奔，奔星所坠，其下有兵。"照镜：指流星明亮。一说"镜"当作"境"，言流星照临梁境。　⑥古狱：这里指秦狱。梁任昉《述异记》载，汉武帝幸甘泉宫，道中有赤虫，东方朔言其地必是古秦狱地，所以生此虫。　⑦空亭：指鲐(tái)亭，即郿县(今陕西扶风县东南)的驿亭。《后汉书·独行传》载，王忳为郿(今陕西眉县东)令，到官，至鲐亭投宿，遇女鬼诉冤。以上两句指江陵城破，杀伤惨重。

⑧ "天道"二句:指梁亡似乎出于天意,几乎不可究问。微:深奥。

翻译

周王遭受到郑国的怨怼,
楚君又和秦国结下仇冤。
引来大军围城列阵,
北方的战马密布如云团。
喊杀的声浪震动了檐瓦,
冲击的威力如同猛虎下山。
兆示兵灾的流星在空中闪耀,
报警的烽火台夜夜点燃。
这场兵祸使得遍地皆成冤狱,
处处亭阁有野鬼孤魂。
上天的旨意也许是可以发问的,
但其中的奥妙我无法畅言。

其十三

横流遭屯慝①,　　上墝结重氛②。
哭市闻妖兽③,　　颓山起怪云④。
绿林多散卒,　　清波有败军⑤。

智士今安用， 忠臣且未闻⑥。
惜无万金产， 东求沧海君⑦。

---

① 遘(gòu)：遇，遭受。屯邅(zhūn tè)：时运艰难。《后汉书·皇后纪》："五子作乱，冢嗣（长子）遘屯。" ② 埁(chěn)：混浊不清的样子。晋陆机《汉高祖功臣颂》："茫茫宇宙，上埁下黩；波振四海，尘飞五岳。"氛：吉气为祥，凶气为氛。以上两句是说大难即将临头。 ③ "哭市"句：《左传》庄公八年载，齐侯打猎时见到一头大野猪，用箭去射，野猪像人一样站起来嚎叫，齐侯害怕，从车上摔下来伤了脚，不久齐侯就被叛贼杀掉，立无知为国君。 ④ 颓山：倾坏的山，形容云。《续汉书·天文志》载，王莽地皇四年（23年）派王寻等围昆阳，昼有云气如坏山，堕于军营上，占卜者说：这叫营头星，"其下覆军，流血三千里"。王莽果然大败。以上两句是说江陵已出现败亡征兆。 ⑤ "绿林"二句：上句用新莽末年"绿林军"事，喻梁元帝用侯景旧时部将任约、谢答仁率兵迎击武陵王萧纪。参见《哀江南赋》"驱绿林之散卒"句注。下句指胡僧祐、朱买臣等抗击西魏军，败绩。清波·战国时楚地，借指江陵。参见《拟咏怀》之八"白马向清波"句注。 ⑥ "智士"二句：指江陵败后，智士忠臣无所可用。 ⑦ "惜无"二句：惜已无资，不能为梁报仇。《史记·留侯世家》载，张良五世相韩，秦灭韩，良悉以家财求刺客刺秦王。东见沧海君（沧海地方的君长），得力士。秦始皇东游，良与客在博浪沙狙击，未中。

翻译

时局动荡正遭遇到艰难,

天昏地暗笼盖着不祥的气氛。

街头有妖兽哭嗥,

城上涌起山崩似的怪云。

先是用"绿林"乌合之众去迎击萧纪,

接着在江陵之战中大败于魏军。

而今智士已派不上用场,

忠臣也不再有耳闻。

可惜我没有万贯家财,

不能学张良为韩报仇东见沧海君。

其十四

吉士长为吉①,　　善人终日善②。

大道忽云乖③,　　生民随事蹇④。

有情何可豁⑤,　　忘怀固难遣⑥。

麟穷季氏罝⑦,　　虎振周王圈⑧。

平生几种意,　　一旦冲风卷⑨。

---

① 吉士:贤人,这里指立政之臣。《尚书·立政》:"其惟吉士,用劢

(mài)相我国家。" ②善人:善士。这里指帝王。《论语·子路篇》:"善人为邦百年。"以上两句是说贤臣有好报,明主有善终。 ③大道:常理正道。乖:背离。 ④生民:民众。蹇(jiǎn):不顺利,困苦。以上两句是说发生了违反常理的事情(指梁亡),人民跟着受难。 ⑤豁:豁达,心胸开阔。 ⑥忘怀:不介意。遣:排遣。《世说新语·言语》:"卫洗马初欲渡江,形神惨悴,语左右云:'见此芒芒,不觉百端交集。苟未免有情,亦复谁能遣此。'"以上两句是说难忘梁亡之痛。 ⑦季氏:春秋时,鲁国的季氏、孟孙氏、叔孙氏皆出自桓公,久专鲁政。这里实指叔孙氏。《左传》哀公十四年载,春,在西部的大野打猎,叔孙氏的御者子鉏商猎得麒麟,认为不吉利,赏赐给虞人。罝(jū):捕兽的网。 ⑧周王:指周穆王。《穆天子传》载,天子至,七萃之士高奔戎捕虎而献之,命蓄之柙,称为虎牢。以上两句是说自己当前的处境如麟在罝中,虎居圈内。 ⑨"平生"二句:这是说平生抱负都一风吹了。冲风:疾风。

翻译

贤士当政应该一切顺利,
帝王治国应该善始善终。
天道常理突然倒行逆施,
人民大众只得跟随受难。
心中的感情使我无法豁达,
要忘怀一切又很难排遣。

就像是麒麟落入季氏的捕网，

又像是猛虎被关进周穆王的牢圈。

平生的种种雄心壮志，

一时都被狂风席卷。

其十五

六国始咆哮①，　　纵横未定交②。

欲竞连城玉③，　　翻征缩酒茅④。

析骸犹换子⑤，　　登爨已悬巢⑥。

壮冰初开地，　　盲风正折胶⑦。

轻云飘马足，　　明月动弓弰⑧。

楚师正围巩⑨，　　秦兵未下崤⑩。

始知千载内，　　无复有申包⑪。

---

① 六国：战国时，韩、魏、赵、燕、齐、楚与秦对言，合称六国。咆哮：怒吼。　② 纵横："纵"指合纵，六国联合抗秦；"横"指连横，六国西向事秦。以上两句是说六国与秦的亲敌关系尚未确定，比喻承圣二年（553年）武陵王萧纪东下西陵峡与江陵军对峙时，梁元帝曾求助于西魏，此前岳阳王萧詧已在襄阳依附西魏，对西魏来说，这可以说是连横。梁元帝与萧詧间本当联合抗西魏，即所谓合纵，但他们之间却发生了冲突，西魏与他们的亲疏关系此时尚未明朗。　③ 连城

玉:指价值连城的和氏璧。《史记·廉颇蔺相如列传》载,秦昭王愿以十五城易赵和氏璧。这里比喻西魏如强秦,有欺凌梁朝之心。 ④ 缩酒茅:滤酒的白茅草。《左传》僖公四年载,齐伐楚,楚子不服,管仲说:"你们不进贡包茅(缩酒茅),使天子不能滤酒请神,因此兴师问罪。"这里比喻萧詧寻找借口,从襄阳出师会合西魏军攻击江陵。 ⑤ 析骸:析骸以爨,把尸骨拆开来烧火做饭。换子:易子而食,交换着把儿子杀了吃掉。《左传》宣公十五年载,楚围宋,宋派华元进入楚营说:"敝邑易子而食,析骸以爨。"(意思是被围日久,粮尽援绝) ⑥ 登爨(cuàn):炊熟。悬巢:登上战车上的瞭望台,台可用辘轳升降,人在台中,如鸟在巢,故这种战车称巢车。《左传》成公十六年:"楚子登巢车以望晋军。"以上两句是说,江陵被围,形势危急。 ⑦ "壮冰"二句:指承圣三年(554年)冬十一月,地冻风寒时西魏来攻。《礼记·月令·仲冬之月》:"冰益壮,地始坼。"盲风:疾风。折胶:指秋天胶可折,弓弩可用。 ⑧ "轻云"二句:形容西魏军兵马强盛。轻云,犹浮云,战马名。"明月"为弓名,因为弓形如弦月。弰(shāo):弓的末端。 ⑨ 楚师:指楚、汉相争时的项羽军队。巩:巩县,今河南巩义市。《史记·郦生陆贾列传》载,项羽击汉(刘邦),拔荥阳(今属河南),汉屯兵巩县,洛阳以拒楚。这里以楚、汉喻西魏与梁,楚师方盛正指西魏之强大。 ⑩ 崤(xiáo):崤山,在今河南洛宁县西北。《左传》僖公三十二年记载,晋人在崤大败秦师。这里以秦兵未来喻西魏南下攻打江陵之前,梁朝君臣皆以为西魏不会来攻。 ⑪ "始知"二句:自伤出使西魏未能取得成果,以救江陵之祸,包胥:申包胥,春秋时期楚国的大臣。楚昭王时,吴国破郢都,楚王逃到随国,申包胥到秦国请求救兵,哭诉七天七夜,终于使秦发兵救楚。参见《哀江南赋》"荆璧睨柱,受连城而见欺"及"申包胥之顿地,碎之以首"句注。

翻译

正当六国呐喊争斗的时候,
他们与秦国或合纵或连横不能订交。
强秦欺凌别国瞩目于和氏璧,
齐国攻打楚国谴责他不进贡滤酒的包茅。
等到被困在城中弹尽粮绝时,
才知道一顿饭的功夫敌人就能兵临城脚。
这时正是冰封地裂的季节,
风劲弓强也有利于敌军骚扰。
只见战马来往疾驰,
霜刀利箭纷纷出鞘。
包围巩县的楚兵正处在强盛时期,
秦国的大军也还没有到达崤山。
这时竟没有一个申包胥能够乞师救援,
可知千载之内救国者实在太少。

其十六

横石三五片,长松一两株①。

对君俗人眼,真兴理当无②。

野老披荷叶,家童扫栗跗③。

竹林千户封,甘橘万头奴④。

君见愚公谷,真言此谷愚⑤。

---

①"横石"二句:写园中景物。参看《小园赋》"余有数亩敝庐,寂寞人外"等语。　②"对君"二句:写处世态度。俗人眼:看到俗人。《晋百官志》(《世说新语·简傲》刘孝标引):"(阮)籍能为青白眼,见凡俗之士,以白眼对之。"真兴:淳朴自然的意趣。　③"野老"二句:写隐者生活。披荷叶:比喻修身芳洁,也代指隐者服装。《楚辞·离骚》:"制芰荷以为衣兮,集芙蓉以为裳。"栗跗(fū):板栗外层带刺的壳。　④"竹林"二句:写家境殷富。《史记·货殖列传》载,蜀、汉千树橘,渭川千亩竹,其人与千户侯相等。奴:木奴,指柑橘。三国吴李衡种橘千株,临死对儿子说:"留给你千头木奴,当可以足用了。"见《三国志》裴注引《襄阳记》。参见《哀江南赋》"橘则园植万株,竹则家封千户"句注。　⑤"君见"二句:写隐居之地。愚公谷:《说苑·政理》载,齐桓公逐猎至一山谷,问一老公是什么地方,回答说是愚公之谷。参见《小园赋》"名为野人之家,是谓愚公之谷"句注。

翻译

　　园中有三五片横卧的山石,

有一两株高大的松树。
看到庸俗忙碌的世人,
觉得会败坏真朴的情愫。
我像山野村民一般修身芳洁,
与童仆一起洒扫庭除。
家中有千竿竹足供食用,
又有万株橘可致小富。
人们见了都称这里是愚公的山谷,
恐怕还真的会认为主人是个愚夫。

其十七

日晚荒城上①,苍茫余落晖②。
都护楼兰返③,将军疏勒归④。
马有风尘气⑤,人多关塞衣⑥。
阵云平不动⑦,秋蓬卷欲飞⑧。
闻道楼船战⑨,今年不解围⑩。

---

① 荒城:这里指弘农郡城。 ② 落晖:落日的余晖。 ③ 都护:汉宣帝神爵三年(前59年)始置西域都护,"都"指都西域南北两道,"护"指护西域各国。魏晋时又有都护和都护将军,是统率诸将的武官。这首诗所写的是北周保定四年(564年)十月晋公宇文护伐齐之

役,故此处"都护"代指晋公宇文护。楼兰:汉西域国名。汉昭帝时,傅介子出使楼兰,斩其王而返。见《汉书·傅介子传》。 ④ 疏勒:汉西域国名。东汉明帝时,耿恭据守疏勒城,匈奴来攻,虽食尽援绝而坚持不降,后由汉派兵解围迎归。见《后汉书·耿恭传》。按,《资治通鉴》卷一六九载:十月,晋公护出兵伐齐,遣尉迟迥为先锋。十一月,晋公护进屯弘农,尉迟迥围洛阳,久攻不下。十二月,齐段韶等救洛阳,大破周军。以上两句"楼兰返"、"疏勒归"当指此事。 ⑤ 风尘气:比喻行军劳顿的样子。 ⑥ 关塞衣:征战时所穿的服色。 ⑦ 阵云:云层叠起如兵阵。 ⑧ 蓬:蓬蒿,秋枯根拔,风卷而飞。 ⑨ 楼船:高大的大船。庾信《陕州弘农郡五张寺经藏碑》:"天子命我,试守此邦,才临都尉之境,即有楼船之役。" ⑩ 不解围:指北周洛阳之败。

翻译

落日映照着荒凉的古城,
苍茫的暮色渐渐掩没了晚霞的余晖。
都护出征楼兰胜利返师,
将军坚守疏勒奏凯而归。
战马风尘仆仆,
健卒身着征衣。
战争的烟云还没有消散,
满地的秋蓬随风乱飞。

听说发生了规模很大的战斗,

恐怕今年还无法解围。

其十八

寻思万户侯①,	中夜忽然愁②。
琴声遍屋里,	书卷满床头③。
虽言梦蝴蝶,	定自非庄周④。
残月如初月,	新秋似旧秋⑤。
露泣连珠下,	萤飘碎火流⑥。
乐天乃知命,	何时能不忧⑦?

①万户侯:汉代食邑一万户的侯爵,有大功勋者封之。《汉书·李广苏建传》载,李广早年从军击匈奴,勇武善战,汉文帝说:"惜广不逢时,令当高祖世,万户侯岂足道哉!" ②中夜:半夜。以上两句自叹在梁之日未能建立功勋。 ③"琴声"二句:用陶渊明《归去来兮辞》:"乐琴书以消忧。"写愁苦之极,琴书自遣。 ④"虽言"二句:这是说不能像庄子那样豁达适志,随遇而安。庄周:即庄子,战国时的思想家。梦蝴蝶:见《庄子·齐物论》。庄子认为一切事物都是"道"的物化现象,如庄周梦为蝴蝶,蝴蝶梦为庄周,表面看来各不相同,本体上却是一致,因而他主张放弃梦与觉、是与非的对立,任其自然,随之变化,做到无知无觉,无见无识。 ⑤"残月"二句:写时令,

说明诗作于新秋月残之时。叠用"月"字、"秋"字,互用"如"字、"似"字,意在强调变中有不变,变亦如不变的主观感受。　⑥"露泣"二句:写眼前景,托物起兴。晨露易晞,草萤早死,以喻人生短暂。⑦"乐天"二句:《易·系辞》:"乐天知命,故不忧。"这里反用其意,是说即使把国家兴亡、个人遭际,统归于"天命",又岂能化解心中的忧愁。

翻译

不断地思考着立功封侯的宿愿,
有时半夜里突然心头充满忧愁。
屋里的琴声驱不走我的烦恼,
满床的书卷也引不起我的兴头。
虽说我也曾梦见过化身为蝴蝶,
但怎么都不能豁达得像庄周。
月底的月亮和月初的月亮一样残缺,
今年的秋天和去年的秋天一样都是个凉秋。
早晨的露珠淋漓如哭泣,
夜晚的萤光点点似火流。
安天知命就能自得其乐,
我到何时才能无恨无忧?

其十九

愦愦天公晓①，　　精神殊乏少②。

一郡催曙鸡③，　　数处惊眠鸟。

其觉乃于于④，　　其忧惟悄悄⑤。

张仪称行薄⑥，　　管仲称器小⑦。

天下有情人，　　居然性灵夭⑧。

---

① 愦（kuì）愦：昏乱。　② 精神：精力，活力。　③ 郡：指弘农郡。曙：天亮。　④ 觉：睡醒。于于：悠然自得。《庄子·盗跖》："神农之世，卧则居居，起则于于。"　⑤ 悄悄：忧愁的样子。《诗·邶风·柏舟》："忧心悄悄，愠于群小。"　⑥ 行薄：品德不好。《史记·张仪传》载，张仪刚学成出外游说诸侯时，有一次和楚相一起饮酒，楚相丢失了璧玉，门下认为张仪"贫无行"，必是他偷去了，就把他抓起来痛打了一顿。　⑦ 器小：器量狭小。管仲是春秋时期齐桓公的宰相，辅佐齐桓公称霸诸侯，但孔子认为他一节俭，二不知礼，因而说"管仲之器小哉"（《论语·八佾篇》）。　⑧ 居然：竟然。性灵：性情。夭：摧折。南朝宋颜延之《庭诰》："业习移其天识，世服没其性灵。"

拟咏怀二十七首

翻译

昏愦的天公又让天色亮起来,
但它给予人的活力却非常少。
全郡城的鸡都在啼叫着黎明,
扰人睡眠的还有几处喧噪小鸟。
刚醒来时悠然自得,
很快就变得忧心悄悄。
张仪当初被人看作品行不端,
管仲成名后仍被说成器量狭小。
原来天下有着丰厚情感的人,
他们的性情居然都经受着煎熬。

其二十

在死犹可忍,为辱岂不宽①?
古人持此性,遂有不能安②。
其面虽可热,其心长自寒③。
匣中取明镜,披图自照看④。
幸无侵饿理,差有犯兵栏⑤。
拥节时驱传,乘亭不据鞍⑥。
代郡蓬初转,辽阳桑欲干⑦。

秋云粉絮结，白露水银团⑧。
一思探禹穴，无用鏖皋兰⑨。

---

①宽：宽解，忍受。　②安：安心。以上四句是说，人对于死都能接受，难道还不能忍辱吗？但有烈性的人宁可死也不受辱，故不安于上面的说法。　③"其面"二句：指自己对于忍辱苟活感到惭愧和痛心。面热：脸发烧，惭耻的样子。梁沈约《晋书》："周𫖮，王敦素惮（敬畏）之，见辄面热，虽复腊月，亦扇面不休。"心寒：寒心，因恐惧、失望而痛心的样子。司马迁《报任安书》："商鞅因景监见，赵良寒心。"　④"匣中"二句：指取镜自照面相。披图：翻开图籍。侵饿理：脸上有会饿死的纹理。《史记·周勃世家》载，周亚夫为河内守，看相者说他："有从（纵）理入口，此饿死法也。"后来他虽然官至丞相，但因其子私买御物下狱，又被诬谋反，不食，呕血而死。　⑤犯兵栏：脸上有死于兵器的纹路。干宝《搜神记》卷九载，魏舒到某家做客，主妇生一男，听到空中有车马之声，并说："书之（记下来），十五以兵死。"十五年后，舒访主人，问其子何在，回答说："因条桑（采桑叶），为斧伤而死。"这里是说自己虽无饿死之理，却有兵死之相。　⑥"拥节"二句：这是说自己做的是文官，没有参加征战，所以虽有兵死之相，而至今未死。节：符节，凭证。传（zhuàn）：驿车，传达命令的马车。亭：驿亭，驿路旁供停宿的公房。据鞍：骑在马上，据马征战。《后汉书·马援传》载，援年老请出征，光武帝不许，援披甲上马，据鞍顾盼，以示宝刀未老。　⑦"代郡"二句：写时令。说明作诗时在北方，季节是秋天。代郡：指今河北蔚县、山西大同一带。辽阳：北魏孝昌

中以鞬阳县改名,治所即今山西左权县。"蓬转""桑干"都是秋天草木干枯的景象。 ⑧"秋云"二句:写秋景。 ⑨"一思"二句:这是说自己现在年已衰老,只能像司马迁那样忍辱作个史臣,而不能再去出征,死于战场之上。参见《奉报寄洛州》:"留滞终南下,惟当一史臣。"探禹穴:司马迁二十岁以后,"南游江淮,上会稽,探禹穴",又至沅湘、汶泗、齐鲁、梁、楚,到处考察风俗,采集传说。后继父职为太史令,又因为李陵辩解而得罪,受腐刑。出狱后任中书令,发愤写成《史记》。见《史记·太史公自序》。禹穴:传为夏禹葬地,在今浙江绍兴市南。鏖(áo)皋兰:汉武帝时,骠骑将军霍去病出击匈奴,率师过焉支山(在今甘肃山丹县东)千余里,曾鏖战于皋兰山(在今甘肃临夏县南)下。见《汉书·卫青霍去病传》。

翻译

如果连死都能忍受的话,
忍辱又有何难?
但古人坚持刚烈的本性,
忍辱苟活不能使他们心安。
他们脸上常带愧色,
他们心里则痛苦不堪。
从匣中取来明镜自照,
翻开图籍仔细查看。
幸好脸上没有注定饿死的纹理,

但也略有冲犯刀兵之灾的沟栏。
好在东奔西走只是文官的迁转,
驻车驿亭也不是为了披甲征战。
这时北方正是秋蓬初转的季节,
代郡、辽阳草木枯干。
天空的秋云像一团团白絮,
野草上的露珠如水银般滚圆。
一心只想做个探访禹穴的司马迁,
用不着再学霍去病去鏖战皋兰山。

其二十一

倐忽市朝变[①],苍茫人事非[②]。

避谗犹采葛[③],忘情遂食薇[④]。

怀愁正摇落[⑤],中心怆有违[⑥]。

独怜生意尽[⑦],空惊槐树衰[⑧]。

[①] 倐(shū)忽:迅速,指极短的时间。市朝变:市朝易人。交易买卖的场所为市,官府治事的处所为朝,争名逐利者换人,意味着社会发生了大变动。这里喻指江陵倾覆。 [②] 苍茫:这里用如"苍黄",喻事情变化翻覆。 [③] 采葛:喻出使在外。《诗·王风·采葛》毛序:"采葛,惧谗也。"郑笺:"桓王(周桓王)之时,政事不明,臣无大小,使出者则为谗

人所毁,故惧也。"庾信于承圣三年(554年)四月奉使西魏,十一月,江陵陷,被留不返。　④忘情:喜怒不动于心的样子。食薇:伯夷、叔齐义不食周粟,隐于首阳山,采薇而食。见《史记·伯夷叔齐列传》。这里指自己在北周做官。参见《枯树赋》"未能采葛,还成食薇"句注。⑤摇落:凋谢。参见《拟咏怀》之十一"摇落秋为气"句注。这里用来比喻年事已衰。　⑥中心:内心。违:违背,这里指羁留北方有违本愿。　⑦生意:生机,活力。　⑧槐树衰:晋殷仲文为大司马咨议,见庭前有一老槐,叹曰:"槐树婆娑,无复生意。"参见《枯树赋》注。

翻译

霎时间世道发生了变化,
茫茫然竟物是人非。
当初害怕谗言不得不出使,
现在却忘怀一切在北周做官。
凋零的秋天更增添了我的哀愁,
违心出仕尤使我内心痛悔。
可怜我已丧失了生命的活力,
又何必去惊叹老槐树的衰微。

其二十二

日色临平乐①,　风光满上兰②。

南国美人去③，　东家枣树完④。
抱松伤别鹤⑤，　向镜绝孤鸾⑥。
不言登陇首，　惟得望长安⑦。

---

①平乐：汉代上林苑中有平乐观。　②上兰：上林苑中又有上兰观。见《三辅黄图》。这里以平乐、上兰代指北地。　③南国：指江汉流域，这里代指江陵。《诗·小雅·四月》："滔滔江汉，南国之纪。"美人：《楚辞·离骚》："恐美人之迟暮。"喻楚怀王，这里借指梁元帝。去：去世，死。　④东家枣树：西汉时，王吉住在长安，东邻有枣树垂于吉庭，吉妇为吉取枣而食，吉知非己有，竟驱妇出。东邻闻而欲伐其树，邻里共为制止，并要求吉召还其妇。里中为此事作歌："东家有树，王阳（吉字子阳）妇去；东家枣完，去妇复还。"见《汉书·王吉传》。完：完好无损。这里反用其意，比喻自己如出妇有去无回，不得南还。　⑤别鹤：指古琴曲《别鹤操》，商陵牧子作。牧子娶妻五年无子，父母命其休妻改娶，牧子悲伤至极，援琴作歌："将乖比翼隔天端，山川悠远兮路漫漫，揽衣不寐兮忘食餐。"见汉蔡邕《琴操》。松为制琴材料，这里代指琴。　⑥孤鸾：罽宾国王买到一只鸾鸟，三年不鸣，后悬镜照之，鸾看到镜中的影子而悲鸣，冲霄一奋而绝。见南朝宋刘敬叔《异苑》。这里比喻自己在北方如别鹤、孤鸾，无所依归。　⑦"不言"二句：这是以登陇首的秦人回望故乡长安，比喻自己始终心向江南。长安：今陕西西安，这里借指故乡江陵。参见《哀江南赋》"莫不闻陇水而掩泣"、《拟咏怀》之三"秦人望陇头"句注。

拟咏怀二十七首

翻译

霞光笼罩着平乐观,
无限风光在上兰园。
南国的美人已经死去,
王吉出妇乃有去无还。
抱琴悲歌离别的情思,
回首自怜镜中的孤鸾。
不必谈陇头跋涉的辛苦,
只希望能放眼故乡长安。

其二十三

斗麟能食日①,战水定惊龙②。
鼓鞞喧七萃③,风尘乱九重④。
鼎湖去无返⑤,苍梧悲不从⑥。
徒劳铜雀妓⑦,遥望西陵松⑧。

---

①"斗麟"句:晋张华《博物志》卷四:"麒麟斗而日蚀,鲸鱼死则彗星出。" ②"战水"句:周灵王二十二年(前550年),王城(今河南洛阳)北谷水大盛,经城西南流合于洛水,毁王城西南,将及于王宫,史

称"谷、洛斗,将毁王宫"。见《国语·周语》。这里"斗麟""战水"指梁与西魏的战争,受惊被食的是梁元帝。　③鼓鼙(pí):本指行军时所用的大小战鼓,借指战争。七萃:本指周穆王的七支精锐卫队(见《穆天子传》),泛指精锐之师。　④风尘:喻战乱。九重:指王宫,古制帝王所居有九门。以上两句指江陵陷落。　⑤鼎湖:黄帝乘龙升天处。《史记·封禅书》:"黄帝采首山铜,铸鼎于荆山下。鼎既成,有龙垂胡髯下迎黄帝。"　⑥苍梧:即九嶷山(在今湖南),舜死后葬此。《礼记·檀弓》:"舜葬于苍梧之野,盖二妃(娥皇、女英)未之从(跟从)也。"以上两句指梁元帝之死。　⑦铜雀:指铜雀台,建安十五年(210年),曹操建于邺城(今河北临漳县西南)。曹操死后葬邺之西冈上,遗令让婢妾与妓人住铜雀台,台上设床施帐,早晚供食,初一、十五作妓乐,并时时望西陵墓田。见曹操建安二十五年《遗令》。　⑧西陵松:即西陵墓田。以上两句是说自己在北方时刻想到故国。

翻译

麒麟的争斗能够吞食日月,

谷、洛的交战必定危及王城。

战鼓伴随着强大的军队,

战乱摧垮了梁朝宫廷。

梁元帝如同鼎湖升天的黄帝一去不返,

而我却像葬舜于苍梧的二妃不能紧紧跟从。

现在就像是铜雀台上的歌妓遥望西陵,
江南故国与故君只能徒然出现在梦中。

其二十四

无闷无不闷①, 有待何可待②。
昏昏如坐雾, 漫漫疑行海③。
千年水未清, 一代人先改④。
昔日东陵侯, 惟有瓜园在⑤。

① 无闷:没有烦恼苦闷。《易·乾卦》:"不易乎世,不成乎名,遁世无闷。"意思是甘心隐居,不为时人所转移,不求成名,就可以无烦闷。 ② 待:等待。《庄子·逍遥游》载,列子御风而行,"虽免乎行(步行),犹有所待(指风)者也"。庄子的意思是说列子的飞行有待于外物为助。以上两句自言终日烦闷,无法解脱。 ③ "昏昏"二句:言四顾茫茫,无所依归。 ④ "千年"二句:喻盛世难逢,江陵已亡。晋王嘉《拾遗记》卷一:"黄河千年一清,至圣之君以为大瑞。" ⑤ "昔日"二句:自比在北周犹如秦东陵侯在汉,以示不忘曾为梁臣。《三辅黄图》载,秦时,邵平封东陵侯。秦亡,为布衣,在长安青门外种瓜。

翻译

本不想烦恼却无一事不让人恼烦,
欲靠外物来解脱而外物又如何等来。
终日昏昏沉沉如坐在雾中,
长年漂泊不定就像是在航海。
千年以来黄河的水一直未清,
而就是这一代人已把梁朝的基业更改。
当年秦朝灭亡后东陵侯守志闲居,
他耕种过的瓜园至今仍在长安郊外。

其二十五

怀抱独昏昏,平生何所论①。
由来千种意,并是桃花源②。
榖皮两书帙,壶卢一酒樽③。
自知费天下,也复何足言④?

---

①"怀抱"二句:这是说平生怀抱昏昏,至此更不足论。参见《拟咏怀》之一"索索无真气,昏昏有俗心"句注。 ②"由来"二句:这是说过去的种种愿望皆已落空,此时此地,只是想做桃花源中人,避世索居而已。桃花源:晋陶渊明有《桃花源记》,写武陵(今湖南常德)渔

人至一处,其人丰衣足食,怡然自乐,自称先世避秦时乱,率妻子邑人来此绝境,竟不知外间有改朝换代之事。参见《拟咏怀》之十四"平生几种意,一旦冲风卷"句注。 ③"榖皮"二句:这是说只须读书饮酒自娱。榖(gǔ):树名,叶似桑,皮可制纸。帙(zhì):书套。壶卢:即葫芦。樽(zūn):酒器。 ④"自知"二句:这是说不必复论天下事。费:指辞费,多而无谓的空话。

翻译

我眼下的心情迷乱发昏,
回顾一生也不值得再作评论。
过去曾有过的种种愿望,
现在都归结为去做桃花源中人。
两部书籍足以娱情,
一只葫芦可作酒樽。
我知道天下事说也没用,
何况已没有话需要重申?

其二十六

萧条亭障远①, 凄惨风尘多②。
关门临白狄, 城影入黄河③。
秋风苏武别, 寒水送荆轲④。

谁言气盖世，　　晨起帐中歌⑤。

---

① 亭障：边塞伺敌守御的堡垒。　②风尘：战乱。以上两句触景生情，由战争遗迹引出亡国之痛。　③"关门"二句：写陕州弘农郡地理风貌。白狄：春秋时期，北方狄族有赤、白之分，白狄衣尚白。《国语·齐语》载，齐桓公"西征，攘白狄之地，至于西河"。西河指今山西、陕西之间黄河河段。弘农郡与西河毗邻。　④"秋风"二句：这是说南朝流寓之士有的已回到江南，唯独自己被留不遣。参见《小园赋》"荆轲有寒水之悲，苏武有秋风之别"、《拟咏怀》之十"游子河梁上，应将苏武别"句注。　⑤"谁言"二句：以项羽英雄末路之叹喻己无可奈何的心情。参见《拟咏怀》之八"虞兮奈若何"句注。

翻译

冷落的壁垒延伸向远方，
战乱使这里一派凄凉。
关塞的门外是白狄的旧地，
黄河倒映出危耸的城墙。
秋风中李陵送别苏武，
荆轲告别易水便无法还乡。
谁说楚霸王一生英雄，
到头来不也落得悲歌一场。

其二十七

被甲阳云台①，　　重云久未开②。
《鸡鸣》楚地尽③，　　鹤唳秦军来④。
罗梁犹下礌⑤，　　扬排久飞灰⑥。
出门车轴折，　　吾王不复回⑦。

① 被(pī)甲：喻战事。"被"同"披"。阳云台：司马相如《子虚赋》："于是楚王乃登阳云之台。"《汉书》孟康注："云梦中高唐之台，宋玉所赋者，言其高出云之阳。"这里喻指江陵。　② 重云：喻指战云笼罩。以上两句是说西魏军来攻江陵。　③ 鸡鸣：指《鸡鸣歌》。项羽被围垓下，"夜闻汉军四面皆楚歌"（《史记·项羽本纪》），所谓楚歌即《鸡鸣歌》。庾信《入彭城馆》："鹍飞伤楚战，《鸡鸣》悲汉围。"　④ 秦：指前秦苻坚。这里用风声鹤唳事，参见《哀江南赋》"闻鹤唳而心惊"句注。　⑤ 罗：罗列。梁：横架的大木。礌：礌石，滚坠击敌的大石。　⑥ 排：排橐，内装石灰，置于车上，临战以布索系马尾，燃布索使马惊奔，冲突敌阵，顺风扬灰。以上两句写江陵之战。　⑦ "出门"二句：指梁元帝战败投降，终于被杀。车轴折：汉临江王刘荣为汉景帝所召，江陵父老为他在北门外饯行，荣上车，轴折车废，父老流涕说："吾王不返矣！"荣至京都，受责自杀。见《汉书·景十三王传》。

翻译

西魏的兵马来攻江陵,
密布的战云经久不开。
四面楚歌吞没了楚王的土地,
风声鹤唳斩断了前秦的命脉。
尽管城上滚木礌石如雨下,
突敌扬灰一切仍归于失败。
刘荣辞别江陵时车轴先自断裂,
我王元帝也在此地陷于灭顶之灾。

徐报使来止得一见

徐陵字孝穆,仕梁为东宫学士,诗文风靡一时,与庾信齐名,世号"徐庾体"。入陈,官至中书监。他比庾信大七岁,卒年则晚于庾信两年,可以说他是庾信一生经历的见证人。二人早年友情笃厚,后来暌隔南北,难得一见,相见之日,自然动情。徐陵作为报聘使者抵长安,史无明文,推测当在太建元年(569年)担任尚书右仆射之前。此时庾信如在长安,当不止一见,估计庾信时任弘农郡守,徐陵途经此地,故未能畅言尽意,便匆匆握别,只得将相思之意诉诸诗篇。此篇与下《寄徐陵》均当作于周武帝保定四年(564年,即陈文帝天嘉五年)。

一面还千里①,相思那得论②。
更寻终不见③,无异桃花源④。

---

① 一面:一次会面。 ② 那得:怎么。 ③ 更:再。 ④ 桃花源:指与世隔绝的地方。晋陶渊明《桃花源记》载,武陵(今湖南常德)渔人沿溪行,见桃花林夹岸,至水源尽头得一山,由山口入内,别有天地,土地屋舍、良田桑竹和外间一样,男女老少怡然自乐。问村中

人,答称先世避秦乱,率妻子邑人来此,遂与外人间隔。渔人备受款待,出来后报告太守,太守复命人循原路去找,竟再也找不到通往桃花源的路了。这首诗感慨两地悬思之苦,亦是庾信乡关之思的又一种表现形式。

翻译

这次见面之后又要相隔千里,
我们的相思到何时才是个完。
今日一分手恐怕再也看不见,
好比武陵人重新去找桃花源。

寄徐陵

  明杨慎论庾信诗,认为"子山之诗,绮而有质,艳而有骨,清而不薄,新而不尖,所以为老成也"(《升庵诗话》卷九)。钱锺书先生则认为研字炼句固庾氏所长,而"语洗铅华、感深冰蘖者,数既无多,体亦未善",唯独这首诗"沈挚质劲,语少意永,殆集中最'老成'者矣"(《谈艺录》)。从格调上说,这首诗又是唐人五绝的雏形。

故人倘思我[①], 及此平生时[②]。
莫待山阳路, 空闻吹笛悲[③]。

---

① 故人:旧友,指徐陵。 ② 平生时:此生,活着的时候。 ③ "莫待"二句:用向秀事。《晋书·向秀传》载,向秀与嵇康、吕安为友,曾一起在山阳(今河南焦作市东南)灌园,嵇、吕死后,秀过其旧居,闻邻人吹笛,感慨系之,作《思旧赋》。这首诗语似诙谐旷达,实则襟怀郁愤,"莫待"二字正隐喻此生相见之难。

翻译

老朋友如果还想念我,
趁我活着时快来相见。
不要等到我死去之后,
徒然听笛声而生悲感。

伤王司徒褒

王褒字子渊,出身于南朝世族,仕梁元帝为右仆射。西魏军陷江陵,随元帝出降,又与王克、宗懔等一并入长安。北周明帝、武帝雅好文学,对王褒、庾信特加亲待。建德元年(572年),授太子少保,迁小司空。大约在三年,出为宜州刺史,卒于位,年六十四。庾信和王褒年龄相差不过一两岁,生平履历亦极其相似,在北朝又以二人才名最高。前人论及北周文学,往往标举庾、王,所谓"周朝著作,王、庾齐称,其丽密相近,而子渊微弱"(明张溥《汉魏六朝百三家集题辞》),所谓"二人之才,一时瑜、亮,而锺仪之悲,开府为至矣"(清王士禛《古诗选·凡例》),这些评论均指出了他们的成就与特点。庾信这首诗痛悼王褒之死,物伤其类,哀凄感人。就北朝文苑而言,庾、王之交亦不失为一则佳话。

昔闻王子晋①,轻举逐神仙②。 谓言君积善③,还得嗣前贤④。 四海皆流寓⑤,非为独播迁⑥。 岂意中台坼⑦,君当风烛前⑧。 自君钟鼎族⑨,江东三百年⑩。 宝刀仍世载⑪,雕戈本旧传⑫。 绿绂纡槐绶⑬,黄金饰侍蝉⑭。 地建忠臣

国⑮,家开孝子泉⑯。自能枯木润⑰,足得流水圆⑱。以君承祖武⑲,诸侯无间然⑳。青衿已对日㉑,童子即论天㉒。颍阴珠玉丽㉓,河阳脂粉妍㉔。名高六国共㉕,价重十城连㉖。辩足观秋水㉗,文堪题马鞭㉘。《回鸾》抱书字㉙,《别鹤》绕琴弦㉚。拥旄裁甸服㉛,垂帷非被边㉜。静亭空系马㉝,闲烽直起烟㉞。不废披书案㉟,无妨坐钓船㊱。茂陵忽多病㊲,淮阳实未痊㊳。侍医逾默默㊴,神理遂绵绵㊵。永别张平子㊶,长埋王仲宣㊷。柏谷移松树㊸,阳陵买墓田㊹。陕路秋风起㊺,寒堂已飒焉㊻。丘杨一摇落㊼,山火即时然㊽。昔为人所羡,今为人所怜㊾。世途旦复旦㊿,人情玄又玄㉛。故人伤此别,留恨满秦川㉜。定名于此定㉝,全德以斯全㉞。惟有山阳笛㉟,凄余《思旧》篇㊱。

---

① 王子晋:指周灵王太子晋,一名王子乔。好吹笙作凤鸣,游伊洛间,道士浮丘公接上嵩高山成仙。见汉刘向《列仙传》。 ② 轻举:轻身升起,指飞仙。这两句指王氏本周灵王太子晋后人。 ③ 积善:指托祖先的福佑。《易·坤卦·文言》:"积善之家,必有余庆;积不善之家,必有余殃。" ④ 嗣:继承。前贤:指王氏前代品德高尚的

伤王司徒褒

祖先。这两句指王褒能接续王氏家风。　⑤流寓:寄居他乡。《周书·庾信传》:"时陈氏与朝廷通好,南北流寓之士,各许还其旧国。陈氏乃请王褒及信等十数人,高祖唯放王克、殷不害等,信及褒并留而不遣。"　⑥播迁:迁徙流离。庾信《伤心赋》:"流寓秦川,飘飘播迁。"这两句指羁留北朝。　⑦意:料想。中台:三台六星,起文昌,抵太微,近文昌二星为上台,次二星为中台,复次为下台。汉以来用三台象征三公,中台为司徒或司空。这里中台正指王褒。坼(chè):分裂。晋孙盛《晋阳秋》:"张华(官至司空)将死,中台星坼。"　⑧风烛:风中烛火,喻生命不长。庾信《伤心赋》:"一朝风烛,万古埃尘。"这两句指王褒死。　⑨钟鼎族:指世家豪族。汉张衡《西京赋》:"击钟鼎食,连骑相过。"王褒为琅玡临沂(今山东费县东)人,先世见于晋、宋、齐、梁诸史。　⑩江东:今安徽芜湖、江苏南京长江河段以东地区,这里指南朝。自东晋至梁二百余年,取其成数,号称三百年。这两句指王氏为南朝望族。　⑪宝刀:指王祥佩刀。《晋书·王祥传》载,徐州刺史吕虔有佩刀,工匠认为佩此刀必登三公,虔赠予王祥。晋武帝时,祥为太保,进爵为公。临终,以刀授弟王览,览为晋光禄大夫。世载:世代记载(相传)。按,王褒是王览第十一代孙,前此各代皆显达,故称"世载"。　⑫雕戈:刻镂有花纹的戈。指东晋王导平王敦,辅幼主(成帝),位居太保,加羽葆鼓吹,班剑二十人,后又加大司马,假黄钺,讨石勒。见《晋书·王导传》。褒是王导的九代孙。　⑬绂(fú):系官印的丝带。《汉书·百官公卿表》:"相国绿绂。"纡:系,垂。槐绂:三公的印绂。《周礼·秋官·朝士》:"面三槐,三公位焉。"这里指王导为晋丞相。　⑭侍蝉:指侍中之冠饰以蝉。《续汉书·舆服志》:"侍中、中常侍,加黄金珰,附蝉为文,貂尾为饰。"这里指王褒曾祖王俭为齐侍中,祖王骞、父王规为梁侍中。以上四句指王褒先代皆位居显要。 ⑮ 建忠臣国:以忠臣而建国。指王褒先代多封侯建国。 ⑯ 开孝子泉:指晋王祥至孝,曾卧冰求活鱼,冰忽自解,双鲤跳出。见《搜神记》卷十一。这两句指王氏忠孝传家。 ⑰ 枯木润:《荀子·劝学》:"玉在山而草木润,渊生珠而崖不枯。" ⑱ 流水圆:《尸子》:"凡水,其圆折者有珠。"以上两句是说王褒本人品学俱优,如玉如珠。 ⑲ 祖武:祖先的行迹。 ⑳ 无间然:无嫌隙的样子,意即不会有非议。这两句指王褒理应继承前代业绩,袭封南昌县侯。 ㉑ 青衿:青色衣领,本为古代学生的服装,借指少年。庾信《周柱国大将军纥干弘神道碑铭》:"公始青衿,风神世载。"对日:《后汉书·黄琼传》载,黄琬早慧,七岁时,魏郡发生日食,其祖黄琼向朝廷报告,却不知如何比况,琬在旁提示说:"何不言日食之余,如月之初?" ㉒ 论天:《列子·汤问篇》载,孔子东游,见两个小孩辩论日初出离人近还是日中离人近,一个说:"日初出大如车盖,日中小如盘盂,远者小而近者大,所以日初出离人近。"一个说:"日初出时很凉,日中时很热,近者热而远者凉,所以日中时离人近。"孔子也无法做出判断。这两句指王褒幼而聪敏。 ㉓ 颍阴:指颍阴长公主,汉桓帝女,延熹七年(164 年)封。见《后汉书·皇后纪》。 ㉔ 河阳:指汉成帝后赵飞燕,她曾于河阳(阳阿)主家学习歌舞。见《汉书·外戚传》。这两句指王褒娶梁鄱阳王萧恢女(梁武帝侄女)为妻。 ㉕ 六国:用战国时苏秦为六国之相事。参见《拟咏怀》之二"既无六国印"句注。 ㉖ 十城:用战国时秦王以十五城易赵国和氏璧事。参见《拟咏怀》之十五"欲竞连城玉"句注。这两句指声望之高。 ㉗ 秋水:指《庄子·秋水》,其中包括七个寓意深刻

伤王司徒褒

的故事,极富有思辨力。 ㉘题马鞭:行路间歇时,以马鞭书写作文,喻才思敏捷。三国魏文帝曹丕《临涡赋序》:"上(指魏武帝曹操)建安十八年至谯,余兄弟从上拜坟墓,遂乘马游观,经东园,遵涡水,相伴乎高树之下,驻马书鞭,为《临涡赋》。"这两句指才思之好。 ㉙回鸾:古代乐舞。这里用长袖舒卷之美来形容书法。晋索靖《草书状》:"盖草书之为状也,婉若银钩,漂若惊鸾,舒翼未发,若举复安。" ㉚别鹤:乐府琴曲。汉蔡邕《琴操》:"商陵牧子娶妻五年无子,父母欲为改娶,牧子援琴鼓之,歌别鹤以舒其愤懑,故曰《别鹤操》。"这两句指精于书法和音乐。 ㉛旄(máo):本指用牦牛尾装饰的旗帜,泛指大旗。裁:才。甸服:《尚书·禹贡》:"五百里甸服。"意思是首都五百里之内为甸服。王褒此时出为宜州(今陕西耀县)刺史,去长安不远。 ㉜垂帷:《后汉书·贾琮传》载,琮为冀州刺史,车垂赤帷而行。被边:业绩加于边地。这两句指出为宜州刺史。 ㉝亭:亭障,边地防御工事。 ㉞烽:烽火。这两句指宜州虽无战事,而边地时有警报。 ㉟披书案:指读书。《后汉书·孔融传》载,袁谭来攻,流矢雨集,戈矛相接,融隐几读书,谈笑自若。 ㊱坐钓船:《史记·齐太公世家》载,吕尚年老,垂钓于渭水之滨,等待周文王的重用。这两句是说,王褒不可在宜州等待更大的任命。 ㊲茂陵:汉武帝刘彻墓,在今陕西兴平市东北。这里代指司马相如,相如素有消渴疾,晚年免官后居茂陵。见《汉书·司马相如传》。 ㊳淮阳:这里代指汲黯(àn),黯多病,以诸侯相秩居淮阳(今属河南),十年而卒。见《汉书·汲黯传》。这两句指王褒在宜州多病。 ㊴默默:沉默不语。 ㊵绵绵:微弱。这两句写弥留时情景。 ㊶张平子:东汉文学家张衡字平子,《后汉书》卷五十九有传。 ㊷王仲宣:

建安文学家王粲字仲宣，《三国志》卷二十一有传。这两句指王褒辞世。 ㊸ 柏谷：在今河南灵宝市西南。《晋书·王濬传》载，濬葬柏谷山，大营茔域，松柏茂繁。 ㊹ 阳陵：汉景帝刘启墓，在今陕西咸阳市东北。《汉书·李广传》载，广死后第二年，诏赐阳陵墓地二十亩，李蔡（广从弟）盗取三顷，卖钱四十余万。这两句指葬事盛大。 ㊺ 陕：今河南陕县。周初周、召二公分陕而治，以陕县西南的陕陌（陕原）为界。这里泛指陕西。 ㊻ 寒堂：凄冷的灵堂。飒（sà）：风声。 ㊼ 丘杨：指墓地的树木。《古诗十九首》："驱车上东门，遥望郭北墓。白杨何萧萧，松柏夹广路。"摇落：凋残。 ㊽ 山火：墓地的磷火，即所谓"鬼火"。然：同"燃"。以上四句指王褒死葬北方，丘墓凄凉。 ㊾ 怜：怜悯。《汉书·五行志》载，成帝时歌谣："故为人所羡，今为人所怜。" ㊿ 旦复旦：昼夜复始。《卿云歌》："卿云烂兮，纠缦缦兮。日月光华，旦复旦兮。"（《尚书大传》） (51) 玄又玄：极其玄妙。《老子》："玄之又玄，众妙之门。"以上四句感叹祸福无常，死生无定。 (52) 秦川：今陕西、甘肃秦岭以北渭水平原。这两句痛悼老友王褒之亡。 (53) 定名：正名，确定名分。《荀子·正名》："名无固实，约之以命实，约定俗成，谓之实名。" (54) 全德：保全至德。《庄子·天地》："天下之非誉，无益损焉，是谓全德之人哉。"这两句是说，王褒从此可以盖棺作定论。 (55) 山阳：今河南焦作市东南。三国魏嵇康、吕安、向秀三人为友，早年曾一起在山阳灌园，嵇、吕死后，向秀过其旧居，闻邻人吹笛，感音而叹，写下了《思旧赋》。见《晋书·向秀传》。 (56) 思旧：怀思旧友。这两句以自己的这首诗比向秀的《思旧赋》。这首诗总结了王褒的一生，极赞其家世与才能，对其流寓而死深感痛心。由于庾信和王褒有着相似的出身与经历，这首诗也可以看作庾信的自挽之词。

翻译

听说王氏的先人是王子晋,
他轻身飞升去仙境了。
王褒君就出生于这样的积善人家,
他本人的品德也足以接续前贤。
当今四海之内都在流离迁徙,
远不止他一人羁旅避难。
谁能想到中台星宿发生分裂,
却象征了王褒君进入风烛残年。
王氏世族到王褒这一代,
在南朝已延续了近三百年。
西晋王祥的宝刀见载史册,
东晋王导的功勋世代相传。
有的绿绶面槐而位居三公,
有的金珰蝉文而仕为侍中。
封侯赐地代代是忠臣,
孝悌持家世世有孝子。
王褒本人则如玉如珠,
能使枯木润而流水圆。

由他来继承祖宗勋业，
其他王侯决不会产生闲言。
他幼小时就有黄琬的聪慧，
年少时又有两小儿论日的才辩。
娶妻像颍阴长公主那样高贵，
又像赵飞燕那样娇艳。
他的名声可与身兼六国相印的苏秦媲美，
他的身价如和氏璧可换得十城相连。
他的口才足以载入《庄子·秋水篇》，
他的文思完全可以和魏文帝一起驻马书鞭。
他的书法之妙如《回鸾》的舞姿，
他的琴声之美如《别鹤操》柔婉缠绵。
当他来到距京城不远的宜州做官，
他的功绩自然不可能是为国守边。
平静的亭障边徒然系着战马，
闲置的烽火台偶尔升起青烟。
在这里他依然伏案苦读，
无妨坐船垂钓等待升迁。
忽然间像司马相如一样病情加剧，
又像汲黯一样久治不痊。
侍从的医生愈来愈无法可想，
他的病体更加虚弱不堪。

伤王司徒褒

我们终于不得不和他永诀,
如同前人埋葬了张平子和王仲宣。
在他的墓地广植松树,
为他的茔域多买田产。
北国正值深秋时节,
王褒的灵堂早已一片萧然。
墓地上的树木正在凋落,
山间游动的鬼火不时闪现。
当初被人们所羡慕的人,
现在却为人们所可怜。
时光和世道周而复始,
社会和人情玄而又玄。
从此和老友永远分别,
唯剩有遗憾洒满山川。
他要确定的名分已可确定,
他要保全的德性已可保全。
而留给我的却只有山阳笛声的回忆,
和这首仿佛向秀《思旧赋》的凄凉诗篇。

中华文史名著精选精译精注（全民阅读版）
已出书目

书　名	导读人	审阅人
贾谊集	徐超、王洲明	安平秋
司马相如集	费振刚、仇仲谦	安平秋
张衡集	张在义、张玉春、韩格平	刘仁清
三曹集	殷义祥	刘仁清
诸葛亮集	袁钟仁	董治安
阮籍集	倪其心	刘仁清
嵇康集	武秀成	倪其心
陶渊明集	谢先俊、王勋敏	平慧善
谢灵运鲍照集	刘心明	周勋初
庾信集	许逸民	安平秋
陈子昂集	王岚	周勋初、倪其心
孟浩然集	邓安生、孙佩君	马樟根
王维集	邓安生等	倪其心
高适岑参集	谢楚发	黄永年
李白集	詹锳等	章培恒
杜甫集	倪其心、吴鸥	黄永年
元稹白居易集	吴大逵、马秀娟	宗福邦
刘禹锡集	梁守中	倪其心
韩愈集	黄永年	李国祥
柳宗元集	王松龄、杨立扬	周勋初
李贺集	冯浩菲、徐传武	刘仁清
杜牧集	吴鸥	黄永年

续表

书　名	导读人	审阅人
李商隐集	陈永正	倪其心
欧阳修集	林冠群、周济夫	曾枣庄
曾巩集	祝尚书	曾枣庄
王安石集	马秀娟	刘烈茂、宗福邦
二程集	郭齐	曾枣庄
苏轼集	曾枣庄、曾弢	章培恒
黄庭坚集	朱安群等	倪其心
李清照集	平慧善	马樟根
陆游集	张永鑫、刘桂秋	黄葵
范成大杨万里集	朱德才、杨燕	董治安
朱熹集	黄珅	曾枣庄
辛弃疾集	杨忠	刘烈茂
文天祥集	邓碧清	曾枣庄
元好问集	郑力民	宗福邦
关汉卿集	黄仕忠	刘烈茂
萨都剌集	龙德寿	曾枣庄
王阳明集	吴格	章培恒
徐渭集	傅杰	许嘉璐、刘仁清
李贽集	陈蔚松、顾志华	李国祥、曾枣庄
公安三袁集	任巧珍	董治安
吴伟业集	黄永年、马雪芹	安平秋
黄宗羲集	平慧善、卢敦基	马樟根
顾炎武集	李永祜、郭成韬	刘烈茂
王士禛集	王小舒、陈广澧	黄永年
方苞姚鼐集	杨荣祥	安平秋
袁枚集	李灵年、李泽平	倪其心
龚自珍集	朱邦蔚、关道雄	周勋初